共和国故事

意气风发

——新中国体育事业发展与第一届全运会举办

李静轩　编写

吉林出版集团股份有限公司

图书在版编目（CIP）数据

意气风发：新中国体育事业发展与第一届全运会举办／李静轩编. —
长春：吉林出版集团股份有限公司，2009.12

（共和国故事）

ISBN 978-7-5463-1755-7

Ⅰ．①意… Ⅱ．①李… Ⅲ．①纪实文学－中国－当代 Ⅳ．①I25

中国版本图书馆 CIP 数据核字（2009）第 237764 号

意气风发——新中国体育事业发展与第一届全运会举办

YIQI FENGFA　　XIN ZHONGGUO TIYU SHIYE FAZHAN YU DI YI JIE QUANYUNHUI JUBAN

编写　李静轩

责任编辑　祖航　林丽

出版发行　吉林出版集团股份有限公司

印刷　三河市嵩川印刷有限公司

版次　2010 年 1 月第 1 版　　　　　　2022 年 1 月第 9 次印刷

开本　710mm×1000mm　1/16　　　　印张　8　字数　69 千

书号　ISBN 978-7-5463-1755-7　　　　定价 ·29.80 元

社址　吉林省长春市福祉大路 5788 号

电话　0431－81629968

电子邮箱　tuzi8818@126.com

版权所有　翻印必究

如有印装质量问题，请寄本社退换

前　言

　　自 1949 年 10 月 1 日中华人民共和国成立至今,新中国已走过了 60 年的风雨历程。历史是一面镜子,我们可以从多视角、多侧面对其进行解读。然而有一点是可以肯定的,那就是,半个多世纪以来,在中国共产党的领导下,中国的政治、经济、军事、外交、文化、教育、科技、社会、民生等领域,都发生了深刻的变化,中国人民站起来了,中华民族已屹立于世界民族之林。

　　60 年是短暂的,但这 60 年带给中国的却是极不平凡的。60 年的神州大地经历了沧桑巨变。从开国大典到 60 年国庆盛典,从经济战线上的三大战役到经济总量居世界第三位,从对农业、手工业、资本主义工商业的三大改造到社会主义市场经济体制的基本确立,从宜将剩勇追穷寇到建立了强大的国防军,从废除一切不平等条约到独立自主的和平外交政策,从"双百"方针到体制改革后的文化事业欣欣向荣,从扫除文盲到实施科教兴国战略建设新型国家,从翻身解放到实现小康社会,凡此种种,中国人民在每个领域无不留下发展的足迹,写就不朽的诗篇。

　　60 年的时间在历史的长河中可谓沧海一粟。其间究竟发生了些什么,怎样发生的,过程怎样,结果如何,却非人人都清楚知道的。对此,亲身经历者或可鲜活如昨,但对后来者来说却可能只是一个概念，对某段历史的记忆影像或不存在，或是模糊的。基于此，为了让年轻人，特别是青少年永远铭记共和国这段不朽的历史，我们推出了这套《共和国故事》。

《共和国故事》虽为故事，但却与戏说无关，我们不过是想借助通俗、富于感染力的文字记录这段历史。在丛书的谋篇布局上，我们尽量选取各个时代具有代表性或深具普遍意义的若干事件加以叙述，使其能反映共和国发展的全景和脉络。为了使题目的设置不至于因大而空，我们着眼于每一重大历史事件的缘起、过程、结局、时间、地点、人物等，抓住点滴和些许小事，力求通透。

历史是复杂的，事态的发展因素也是多方面的。由于叙述者的视角、文化构成不同，对事件的认知或有不足，但这不会影响我们对整个历史事件的判断和思考，至于它能否清晰地表达出我们编辑这套书的本意，那只能交给读者去评判了。

这套丛书可谓是一部书写红色记忆的读物，它对于了解共和国的历史、中国共产党的英明领导和中国人民的伟大实践都是不可或缺的。同时，这套丛书又是一套普及性读物，既针对重点阅读人群，也适宜在全民中推广。相信它必将在我国开展的全民阅读活动中发挥大的作用，成为装备中小学图书馆、农家书屋、社区书屋、机关及企事业单位职工图书室、连队图书室等的重点选择对象。

编　者
2010 年 1 月

目 录

一、 发展体育运动

● 1953 年 3 月 1 日，贺龙发表了《给全国体育工作会议和国防体育工作会议代表们的信》，信中指出：体育是全国人民的事业，不是体委一家的事……

● 贺龙大为赞赏，他说道：运动员就得从小培养起。上海各个区都可以办一所这样的体校。学校是体育的重点，层层上去，形成宝塔形，才能加速提高运动技术水平。

● 会议提出：依靠共青团组织，在发展生产的基础上，坚持业余、自愿和简便易行的原则开展农村体育运动。

第一个体育训练中心落户西南

1951 年 4 月底，全国第一届篮排球比赛在北京举行。

当时西南行政区也派了代表队，队员有高宝成、谢明昭、王渊等，队长是高宝成。

在这次比赛中，西南代表队表现很不好。时任西南军区司令员的贺龙和政委邓小平得到消息后，非常生气，代表队尚未回重庆，就往北京挂了电话，说西南区打成这个样子不行，回来以后要集中训练。

6 月，中华全国体育总会西南分会成立，贺龙兼任会长。为推进体育事业发展，贺龙、邓小平力排众议，决定成立西南体工队和西南军区体工队。

贺龙四处搜罗人才，进一步加强体育力量。对年纪轻、技术好、有发展前途的体育人才，不管原来从事什么工作，贺龙都千方百计把他调来。

有一次，贺龙在北京开会期间，发现华北大学有个叫孙传鼎的学员球打得不错，便亲自给当时兼任华北大学校长的周恩来写信，想把孙传鼎调到西南军区。

铁道部轻二设计院火车司机马全仁、重庆大学地质系学生包德庸、云南军区陆军医院的黄韵侉、纺织工人徐秀英、会计李雪祖等人，都是在贺龙的亲自过问下调进了战斗篮球队。

贺龙得知当时在贵州大学选修班读书的李考云是打篮球的高手，便亲自给贵州军区司令员杨勇打电话，请他支援战斗队。

　　杨勇只好忍痛割爱，让贺龙把李考云调走。为了让李考云安心训练、努力工作，贺龙还特别交代军区文化部长陈斐琴，要把李考云的爱人一起调来。

　　在贺龙的高度重视和精心组织下，西南军区第一届人民体育大会于 1952 年 1 月 4 日在重庆开幕。参加大会的有 11 个单位 1177 人，参观团 327 人，战斗英雄、劳动模范，西南及重庆各机关负责同志，各民主党派代表共100 余人应邀观礼，工人、农民、部队和机关干部 1.5 万余人出席了大会。

　　贺龙在开幕式上发表了重要讲话。他说：

　　　　目前举办这样大规模的运动会来提倡和推动人民体育运动是有重大意义的……随着经济建设和文化建设高潮的到来，随着人民物质和生活水平的提高，人民的体育活动也必然会广泛发展起来的。中国共产党和人民政府是十分重视体育的。《共同纲领》中也有明文规定，要提倡国民体育。在今天当我们各项工作任务很繁忙和国家财政经济还有不少困难的时候，我们提倡和推广体育运动，不惜分出一部分精力并尽可能拨出一部分经费来支持这样的一个大会召开，这就是因为发展人民体育运动对加速我国的国防建设与经济建设，对加强我国的国防力量与经济力量，是紧密联系而不可分离的任务。

1951 年，贺龙从重庆来到成都，视察西南地区体育事业的建设和发展。

贺龙到市区进行勘察巡视，信步来到被称为"皇城"的市中心。

500 年前，这里是明代藩王所建蜀王府故地，古老的"皇城"早已不留半砖片瓦，空旷的广场上只有风卷起的尘土在满天飞扬。

在"皇城"的东北部，堆积了 200 多年之久的煤渣和垃圾，犹如一座土山，被当地市民称作"煤山"。在这附近，还有一片片乱葬坟。

而这"皇城"四周的"御河"，也早已变成了臭水沟，成了污染环境的"发源地"。

贺龙视察以后，决定铲平"煤山"，淘净"御河"，把这片荒废之地，改造成为能够让人民群众锻炼身体的体育场。

为了贯彻这个指示，成都市委和市政府负责人指示道："立即组织市民进行义务劳动。"

1952 年年初开始动工，到年底已初步完成了占地 10 万平方米的体育场。

这时，贺龙又来成都，并亲自到新建的体育场绕着跑道走了一圈儿。他登上看台，遥望市区高兴地说："成都有了一个像样的体育场了！"

贺龙又对陪同前来的体委负责同志说："体育场的入口应该加个门，主席台上还需加个顶盖……"

体委负责同志为贺龙的细致而深深感动，表示一定要把这个体育场建设好。

在成都，有许多地方都留下了贺龙关心体育事业的足迹。

1953 年 6 月，贺龙来到成都体育专科学校视察。听完负责人的汇报后，他说："百闻不如一见哪！走，到现场看看去。"说完，他迈开脚步，在运动场、教室、宿舍走了一圈。

建在成都南郊的成都体育专科学校，是一所解放前开办的培养运动员和体育教师的中等专业学校。

解放后，这里陆续招收了一批新教员和新学生。但是，由于开课时间短，经验与训练都不足，学生们到校外参加比赛，一直取不上名次，群众就戏称他们为"零专"。然而，体专的师生们屡输屡赛，斗志不减。

临走时，贺龙笑着对校领导说："你们不能老是'零专'吃'鸭蛋'呀！搞体育，要提高技术。你们是专业学校，成绩不冒尖不行。不要泄气，相信你们能把成绩搞上去。"

学校领导听后，深受鼓舞，表示一定要拿出满意的比赛成绩。

贺龙对成都体育专科学校的关怀并没有停留在语言上。1954 年，在贺龙的直接关怀和过问下，国家体委批准成都体育专科学校扩建为成都体育学院。并为学校聘请了许多名师来校执教，原西南区体工队的几名老队员也被调到这里工作。

在贺龙的关怀下，这所学院成为我国西南地区培训体育工作人员的中心。

另外，根据贺龙的指示，又建立了成都滑翔学校、太平寺机场里的省航空俱乐部、凤凰山机场上的市航空俱乐部。后来，贺龙每次到成都，总要去这些地方看看。

贺龙随后又去了重庆，在那里有一个大田湾，原来是一片荒芜的沙丘。

在贺龙的提议下，重庆市动员了各机关、团体、部队、学校进行义务劳动。人们一锹一镐地修建了"大田湾广场"，昔日的荒芜沙丘成为重庆的第一个群众集会、体育比赛和训练的场所。

1954 年 11 月 1 日，经贺龙提议，西南行政委员会拨款，在大田湾广场上又开始动工修建一座大型的露天体育场。

贺龙还特意指示要把设计方案交给他看一下。在审定设计方案时，贺龙指示屋顶最好设计成拱形屋顶。

该馆于 1954 年施工到 1959 年 2 月竣工，钢筋混凝土结构，占地 9544 平方米，可容纳 5000 名观众。

馆内设有运动员休息室、浴室，观众休息厅等。馆内外镶嵌大理石、玻璃瓦和汉白玉栏杆的石级环绕。

在洁白的体育馆对面，则是体委办公楼，屋顶采用简易型传统屋顶，楼身呈灰绿色，古朴而肃穆。

在重庆期间，贺龙经常到工地视察，无论是重大问题，还是一些细节，他都要过问，并当场解决。

对于一些问题，他指示道："要多设通道，做到几分钟内观众即可全部退场……"

在贺龙的亲自关注和督促下，三年前还是一片荒丘的大田湾，终于被建成一所理想的体育场所。

这座体育场面积约 10 万平方米，长 360 米，宽 270 米，半圆式田径场可容 5 万观众观看比赛。看台外是 1 个大型足球练习场，2 个篮球练习场，4 个排球练习场，1 个适合少年儿童使用的小足球场。

体育场除田径场外，还有草地足球场，机械化喷灌装置。体育场到 1956 年 2 月 29 日竣工。

在贺龙的关怀下，重庆和成都成为我国西南地区的体育训练中心，新中国从此有了自己的第一批体育训练基地。

贺龙提出开展群众体育运动

1953 年 3 月 1 日，贺龙在担任国家体委主任后，发表了《给全国体育工作会议和国防体育工作会议代表们的信》，信中指出：

体育是全国人民的事业，不是体委一家的事……要热诚地对待群众的革命创举，经过实地考察或亲手试验，帮助他们把先进经验总结出来，加以推广。

贺龙的这次谈话，其实是根据 1952 年 6 月毛泽东为中华全国体育总会题词发展而来的。

当时，毛泽东的题词为：

发展体育运动，增强人民体质。

贺龙见到这个题词后，非常高兴，他还在西南区体育界宣讲它的重要意义，贺龙说：

通过开展群众性的体育运动，使中国广大人民群众改变"东亚病夫"的形象，从而提高劳动生产率和增强部队的战斗力。

1953 年 4 月 27 日，贺龙又在全国体育工作会议上说道：

"体育运动是人民事业中的一个组成部分，我们是人民的勤务员，就应该把体育运动搞好，使人民身体健康。这不仅现在需要，而且随着经济文化的发展，会更加需要。我们的体育运动要为广大群众服务，就是要为工人、农民、士兵和机关工作人员服务。"

4 月 30 日，贺龙又进一步阐述了普及体育运动与提高体育运动的关系：

普及与提高是矛盾的统一。提高是为国家争取荣誉，同时也是为了指导普及。

我们训练了 6000 名运动员，他们在国际上是我们的战斗部队，在国内是宣传员、组织员、教练员，也是干部，应经常在各地巡回表演，推动并提高各地群众性体育运动的开展。

贺龙认为，优秀的运动队的样子是这样的：

就像中药里边的"甘草"，是个"引子"。运动队要为普及服务，下工厂、下农村、下学校，搞表演，搞辅导。

10 月 2 日，我国召开了田径、体操、自行车运动大会。在这次运动大会上，我国人民都积极地参加比赛项目。

此外，在大会上，贺龙又号召：

> 国家已经开始了有计划的经济建设，人们的健康水平和劳动效率有待于积极地改善和增强，全国的体育工作者和运动员要继续加倍努力提高政治和业务水平，开展群众性体育运动，实现毛主席的"发展体育运动，增强人民体质"的伟大号召。
>
> 这是摆在我们面前的重大而光荣的长期任务。

其实，早在1952年，我国就召开了一届西南区体育运动会。

这次运动会，是贺龙和邓小平为了改变西南地区体育的落后状况，迅速赶上全国先进水平，提议在1952年5月4日召开的西南区首届人民体育运动大会，他们想以此来推动全区体育运动的开展。

1952年3月22日，西南区军政委员会文教部、中国新民主主义青年团西南工作委员会、西南区体育分会邀请西南及重庆市各有关单位举行第一次筹备会议。

贺龙以西南区体育分会名誉会长的身份，主持这次筹备会。

李梦华、许志奋为正副秘书长，下设秘书、总务、竞赛、宣传等四个处和一个评审委员会。

贺龙对筹委会的成员说：

> 人民体育运动关系国防建设与经济建设，至为密切，因此大家应该了解这个大会召开的政治意义。

此外，贺龙还指示道：大会的筹备应在节约的原则下积极进行，并必须有计划地、精确地做好大会的一切准备工作。

为迎接这次大会，贺龙和邓小平指示西南军区举行一次选拔赛，组成了由 100 多名运动员参加的体育训练团。

训练团团长由军区宣传部副部长王敏昭兼任，尹超凡任副团长。同时，还组织了一个参观团。

在军区选拔赛上，除了西南炮校体育干事李代铭带着已经考上飞行员的温小铁和陈孝彰报名参加女子体操比赛外，再无部队女选手报名。

对此，贺龙说：要参加西南区运动会，团体赛的参赛队至少要有三名女队员，你们可以到军区京剧院选一名刀马旦。

在军区训练团的成立大会上，贺龙说：

代表们不仅要把自己的身体锻炼好，展开体育竞赛，还要负责开展全军的体育运动。

必须认识到开运动会不是为了夺锦标，是为了推动我们的建设事业。

把人民解放军的优良作风和光荣传统带到大会中去，带到西南各个角落中去。

参加大会的除西南军区外，还有 7 个省、区，分别是云南、贵州、西康和川东、川西、川南、川北，再加上重庆市、西南一级机关和西南铁路局，共 11 个单位的体育代表团。

竞赛项目为田径赛、篮球赛、器械操、自卫竞赛、集体竞赛等五大项。

为准备大会会场，筹委会动员了机关、干部、工人、学生，以义务劳动的形式，修建了赛场，包括看台、主席台、饭堂、厕所等。

筹委会按照贺龙的指示，设计了会徽，拟定了大会口号，并确定将李同生创作的《体育运动之歌》作为会歌，同时还编印会刊。

筹委会的许多同志提议，请贺龙司令员为大会题词。

贺龙笑容满面地说道："好哇！我也是大会的工作人员，你们分配我什么工作，我就做吧！"

第二天，贺龙派人把他写的题词送到了筹委会。题词是：

开展人民的体育运动，为祖国的国防建设与经济建设而服务。

另外，邓小平也应邀提笔，题词祝贺道：

把体育运动普及到广大群众中去。

1952 年 5 月 4 日 9 时，西南区第一届人民体育运动大会在重庆大田湾广场开幕。

贺龙、邓小平和熊克武、刘文辉、李达、王新亭、孙志远、蔡树藩、楚图南、张霖之、曹荻秋等出席了开幕式。观众达 2.5 万余人。

贺龙代表大会接受了少年儿童的献花。

贺龙调来"战斗"文工团乐队为开幕式演奏军乐。

1184 名运动员由身着红衣白裤的西南区篮排球队为前导，在军乐声中步入会场，接受贺龙、邓小平等西南区首长的检阅。

致开幕词后，贺龙、楚图南、曹荻秋相继讲话。

贺龙在讲话中对新体育的方向、意义和如何发展西南区的体育运动作了阐述。

他说：

我们的国家即将出现一个经济建设的高潮。

在这种情况之下，广泛发展为国防建设服务与为经济建设服务的人民体育事业，就有特别重大的意义。

在目前，大力提倡与发展人民的体育事业，以提高人民的健康水平，发挥人民的劳动能力，培养新的道德作风，把我们的人民，特别是青年一代，锻炼成为身体强壮、精力充沛、勤劳勇敢、刚毅而机智的新人物，成为建设祖国的优秀工作者，保卫祖国的英雄战士，这一工作也就成为整个国家建设事业中不可缺少的一部分了。

要使新体育运动得以广泛开展，不仅要开好这个大会，更重要的是要关心广大人民经常的体育活动。

希望各级人民政府、人民解放军、各人民团体，特别是文教部门和青年团组织，更要把开展人民的体育运动，作为自己的重要工作之一。一切体育工作者们要安心工作，把为人民服务的体育工作看成是自己的光荣任务。

我们一定要把体育运动真正普及到广大人民特别是劳动人民中间去，成为他们生活中不可缺少的一部分，这样体育运动才有生命、有力量，并能发挥它应有的作用。

开幕式后，由重庆市学联 3000 人表演了团体操。然后进行足球表演赛。

在运动员的邀请下，在观众的欢呼声中，贺龙步入足球场，为大会的第一场足球比赛举脚开球。

大会开幕后，贺龙有意识地请当时正在重庆开会的西南各省、市党政军负责同志到赛场参观，反复向他们宣讲开展体育运动的意义，指示他们要把体育工作提到议事日程上来，并认真地说：

以后我到了你们那里，也要检查体育工作的。

大会共进行了 210 场篮排球赛，29 项田径赛和器械操、集体竞赛、自由竞赛。

在大会所进行的 11 天比赛中，还穿插了西南军区代表团的"五大军事技术联合演习"、西康藏族舞蹈队的歌舞《孔雀吃水》《巴塘弦子》。足、篮、排、垒球，武术对练，举重，"虎伏"，战士和工人拔河等表演项目，使观众大开眼界。

5 月 15 日，在运动会的闭幕式上，总裁判许志奋宣布：西南军区代表团获总分第一名。运动员个人成绩以许泽清、陈家齐、冷珊和、李冠莲、李孝章、于立茂等六人最高。

西南军区的女子体操队获得了冠军。温小铁获跳箱第一名，陈孝彰获自由体操第一名。

贺龙向优胜者们颁发了毛泽东银质浮雕像等奖品后，指出：

> 人民大众的体育是爱国主义教育的一个重要部分，是一项革命事业。
>
> 希望全体运动员和体育工作者，应该重视体育工作，安心于体育工作岗位。

这届西南地区有史以来规模最大的体育运动大会，打破了几项田径的全国纪录，也涌现出了一批优秀运动员和体育工作者；为宣传和普及体育运动，起到了很大的推动作用；使落后于全国其他地区的西南体育，以极快的速度奋起直追。

此后，贺龙又组织了多次运动会，在西南地区掀起了体育高潮。

8月18日，贺龙在成都市南虹游泳池召开了西南区第一届游泳比赛大会，同时还举行了踩水、潜水、鸭儿浮水等水上民族形式的体育表演。

同年12月21日，贺龙又组织了西南区第一届足球比赛大会，以选拔参加1953年在上海举行的全国足球比赛的西南队。

在开幕式上，李达为首场比赛开球。

在27日的闭幕式上，贺龙请来了由著名足坛宿将李凤楼为领队的中华全国体育总会体育训练班足球队，他们专程来到重庆，同本届亚军云南队进行表演赛。

宋任穷、张际春、张子意、李达出席观看。

各地群众闻讯赶来大田湾观阵，一下子挤进广场一万多人。

当大会播音员宣布请贺龙为双方开球时，观众立刻轰动起来，万道目光都转向贺老总，有人甚至连看球都顾不上了。

1953 年 4 月 1 日，西南军区公安部队运动会也在大田湾举行。

贺龙在开幕式上说：

要建设成一支现代化的军队，首先就必须具有全心全意为人民服务的坚强的政治品质，要具有先进的军事科学素养和高度的文化水平。除此以外，还必须具有强壮的体质和充沛的精力……

在我们部队中，全面开展战斗性、群众性的体育文艺运动，乃是我们军队建设当中一个非常重要的方面。

同时，贺龙指出：

我们的体育文艺工作，必须贯彻"面向连

队，为兵服务"的方针。

通过这几次运动会，贺龙物色了一批又一批的优秀运动员，把他们调入了西南区和西南军区的两支优秀运动队中。

1953 年 11 月 17 日，贺龙在《中央体育运动委员会党组关于加强人民体育运动工作的报告》中，提出了开展群众体育运动的方针：

当前开展体育运动的方针应当是：开展群众性的体育运动，使体育运动普及和经常化。为贯彻这一方针，要求首先在全国各厂矿中，有准备有计划地推行劳动前或工作间隙的体操。

全国各机关中，应逐步推行早操或工间操。

在全国中等以上学校的学生中，有准备有计划地推行"准备劳动与卫国"体育制度，简称"劳卫制"的预备级，并选择其中条件最好的学校，重点试行"劳卫制"。

全国各部队，除加强体育训练外，亦应有重点地试行"劳卫制"。

着手研究和整理民族形式体育。我国的民族形式体育如武术等，是我国优秀文化遗产的一部分，是几千年来我国劳动人民锻炼体魄的良好方式。

民族形式体育的项目极为丰富。其中有许多是对强身有益的体育形式。中央体委拟设专门机构着手研究和整理，以便正确地推广和提倡。

1954 年 1 月 16 日，贺龙在《在总路线的照顾下，为开展群众性的体育运动而奋斗》中指出：

自从中华人民共和国成立以来，我国体育运动即明确地以服务于人民健康、经济建设和国防建设为目的。这是我国体育历史上的一个本质的改变。

1953 年，贺龙又在《在中央体委委员会议上的讲话》中说："我们今天搞体育不是为了得锦标，而是为了把人民的体质搞好，使学生不缺课，工人不缺勤，战士的手榴弹扔得远些，同敌人拼刺刀时勇气更足一些，使害神经衰弱的减少一些。"

因此，贺龙对于各级体委在工作中的任务强调说："必须善于抓住开展基层体育运动这个中心环节，善于进行组织工作，把我们有限的力量，使用到最主要的地方去。"

从贺龙对于体育运动的讲话精神出发，中央体育运动委员会在酝酿机关编制时，便决定要成立一个群众体育处，隶属于办公厅。

对此，习仲勋在审定编制表时，认为规格定低了，他说：

那怎么行？群体要独立成处。

于是，体委便按照这个意见做了修改，然后又呈报给了邓小平。

邓小平看后，指示说：

不行，不能是处，要成立司，和其他各司拉平。

1954年，中央体育委员会便成立了一个群众体育运动指导司。

与此同时，中央体育委员会还成立了一个民族形式的体育研究会。

可以说，党和国家在用最切实的办法来发展人民群众的体育运动，来积极推进人民群众的体育活动。

举办首届全国民族体育会

1953 年 11 月 8 日到 12 日，国家体委在天津举行了第一届全国民族形式体育表演及竞赛大会。

在此期间，贺龙接见了记者，发表了长达三个小时的对武术问题的精辟见解。

他说：

> 民间流传的武术套路是很多的，不仅汉族有，各少数民族也有。这是要花费力气去发掘的。

> 譬如一座宝山，要探明情况发掘出来，这是头一件要做的事。

> 被挖掘出来的东西是真宝还是假宝，又得花力气去淘洗、整理。要剔除其违反科学的东西，打开人们的眼界，恢复它固有的健康的形体。如何使它符合科学原理，使它们更易于掌握，收到增强体质的效验，这是很重要的第二件事。

> 要提高拳艺，不外两个方法：一是从现有基础上开拓新境界，一是博采他人的专长。只有经过刻苦认真的揣摩，道路才能越走越宽。

习前人之习，也才能在自己手里发扬光大，取得更大更多的成效。这是第三件事。

其实，武术是中国民族形式体育百花丛中的一枝奇葩，它是中华民族在长期的社会实践中发展、积累起来的体育运动的精华。

贺龙认为，武术"深深植根于民间""不受年龄、性别限制，也没有地区、条件的约束"，是一项投资少、收效大、能健身防身、利国利民的体育运动。

他号召武术界人士要不断发掘、整理、提高、推广这一传统体育项目，并且指出：

让武术成为我们社会主义的物华天宝。

可以说，武术既是一项历史悠久的传统体育项目，也是中华民族传统文化的一个重要组成部分。

早在1950年，中华全国体育总会就召开了一次武术座谈会。当时，全国各地有许多武术爱好者，以及从事武术锻炼的人都前来参加。

之后，全国各地纷纷响应武术锻炼，举办起了武术队。如，天津市的一些棉纺织工厂，铁路和建筑系统建立了武术队，哈尔滨工业大学也有数百名学生习武，山西太原市郊有20多个村庄的青年农民经常在劳动之余演习武术。此外，在南方学习武术的人也不在少数。

为发掘、整理和指导武术及其他形式的民族体育项目，国家体委刚成立时，就在运动竞赛司内专设了一个民族形式体育科。

此后，有些省也向国家学习，设立了相应的机构。

1954 年，国家武术队成立。在武术工作者中，有的被选为全国人民代表大会代表，有的成为高等院校的教授、副教授，有的成为全国体育总会的委员。

贺龙作为全国体育运动的领军人，自幼习武，他深知武术界的门户之见和封建迷信的影响极为深广。

对此，贺龙强调指出：

> 民族形式体育中有些江湖味道的东西要否定掉。这些对增强人民体质没有益处，搞不好，就会当作今天的杂耍那样搞。
>
> 我们要的是真功夫。这对人民体质的增强有好处。

并且，贺龙还建议体委全体委员们对民族形式体育做一个认真讨论。他说：民族形式的体育中哪些要提倡，哪些要否定？必须作出科学的结论。

其实，在新中国成立之初，社会上的武术社团的成分是比较复杂的。

一开始由于主管部门缺乏经验，在组织武术团体的时候，有一些反动组织的头目也混了进来，从而在体育界和社会上造成了不良影响。

对于这种现象，贺龙在全国体育工作会议上进行了严肃批评。

他说：

一是没有很好地研究，没有分析哪些是科学的，应该提倡的；哪些是不科学的，落后的，应该反对的。贸然提倡，所以形成混乱。

二是没有分析民族形式体育的社会基础，没有加以很好的领导和控制。今后对于武术的研究、整理工作，需要有真正懂武术并具有一定科学水平的人来领导。

几年之后，贺龙发现武术的发掘、整理工作没有什么太大的进展，便督促国家体委的负责人说：

要是再不搞，少林拳等就要失传了。现在农村用的石担子、石锁、石墩，过去武秀才就是靠这些东西去习武，古代就有的，是武术的一种，挺科学的。

1956年，中国武术协会成立，李梦华任主席。

1957年，中国第一次把武术列为国家体育竞赛项目。

并在这一年，召开了全国武术观摩评比大会。一共有27个省、自治区和直辖市的185名男女运动员参加了评比大会。

1957年之后，国家体委连续三年举办了全国性的武术研讨会，学习党的体育方针政策，交流技艺，讨论学术问题。

1958 年，中国武术协会主持起草了中国历史上第一部《武术竞赛规则》。

第二年，也就是 1959 年由国家体育运动委员会批准，并公布施行。

1960 年，举办了全国武术运动会。

这个时间表说明国家体委在开展武术运动方面，从 1956 年之后，逐渐走上了正确的轨道，而且每年成绩都有显著的提高。

新中国成立以来，贺龙作为体育事业的领军人，对于武术工作的意见，对于中国武术的发掘、整理和健康发展，都起到了重要的指导作用。

在提倡武术运动之后，大部分省市建立了武术队和业余体校武术班。各体育学院和师范学院培养出了一批武术人才。

1962 年，国家还组织编写了体育学院通用的武术教材。并且，研究、整理出版了《简化太极拳》，还有关于长拳以及刀、枪、剑、棍等内容的书籍。

此后，我国涌现出了一批优秀武术运动员。

贺龙对于武术工作非常关注。有一次，他观看武术比赛，发现表演刀术的运动员在刀把上系的绸子很长，便对荣高棠说："不能这样搞，绸子太长了，就成了舞蹈了，不是真功夫。"

1963 年 1 月 21 日，贺龙在视察人民解放军体育学院时，针对部队如何学习武术的问题，指示说：

> 搞点武术是需要的。但部队搞武术，一定要结合实战的要求。

1965 年初，贺龙还对全国体工会的代表们说："武术的整理是个大问题"，并督促大家加速研究和整理武术。

中国是一个多民族的国家，民族形式的体育项目除武术之外，还有着更为丰富的内容与形式。

贺龙在组织发掘、发展武术的同时，还建议在体操、技巧、球类、田径等项目的基础训练中汲取武术、杂技等民族形式体育项目的科学方法。

对此，贺龙说：

> 在训练上，采用中国办法，即民族的方法加上外国方法。不要感到自己的不行。中国过去的飞檐走壁不都是练出来的吗？不拿东方的一套，总跟人家学，在人家后头跑是不行的。

其实，在国家体操队成立之初，既没有和外国队比赛过，也没有现成的教材，根本不知从何练起。

对此，贺龙有自己的一套，他亲笔写了封信，并盖上自己的名章，让体操队的人去文化部找刘芝明副部长。

于是，体操队便按照贺龙的建议，从中国京剧院的武生中挑选一些年轻人参加体操队，然后再聘请武行高手来体操队执教。

后来，又到北京前门大栅栏的广和楼挑选了几个人，并聘请张云溪和张春华到北京体育学院指导学生练功。

广和楼，就是广和剧场，在北京前门外，建于明末。它曾为京城最早最出名的戏楼，与华乐楼、广德楼、第一舞台并称为京城四大戏园。张云溪和张春华则是当时的京剧武生演员。

对于他们的体操锻炼，贺龙曾到现场观看。

1955 年，内蒙古体委副主任哈萨巴特尔向贺龙介绍了关于"那达慕"大会的情况：内蒙古各盟、旗每年举行一次"那达慕"大会，绝大部分人把全家老小都搬来参加，一住就是 10 天半月，直到开完运动会才搬回去。有的旗一共有一万人，就有 1200 人参加"那达慕"比赛，观众达几千人。

"那达慕"大会是中国蒙古族人民具有鲜明民族特色的传统活动，也是蒙古族人民喜爱的一种传统体育活动形式。

"慕"是蒙语的译音，意思为"娱乐、游戏"，用来表示丰收的喜悦之情。每年农历六月初四开始的"那达慕"，是草原上一年一度的传统盛会。

"那达慕"或以嘎查和苏木，即村屯和区乡为单位，或以旗县为单位举行。"那达慕"大会分为大、中、小三种类型。

大型"那达慕"，摔跤选手为512名，骏马300匹左右，会期7至10天。

中型"那达慕"，摔跤手256名，马100至150匹，会期5至7天。

小型"那达慕"，摔跤手64名或128名，马30或50匹左右，会期3至5天。

对于"那达慕"大会来说，不论何种民族与宗教信仰的人，都可报名参加。

1955年7月，内蒙古体委副主任哈萨巴特尔准备在呼和浩特举行"那达慕"，打算邀请蒙古人民共和国参加。

于是，他向贺龙提出几点请求：

1. 希望国家体委原定在1958年拨给内蒙古体委的修赛马场用的100万元提前拨出；

2. 给包头市修几个运动场；

3. 派运动员来北京受训；

4. 帮助订一批滑雪用具；

5. 发给一批打猎、射击项目所需的枪支、子弹。

贺龙对这些要求全部批准，并说道：

对兄弟民族要特别帮助。

这次"那达慕"规模可以大一些，国内可以邀请青海、新疆维吾尔自治区、西藏等地参加。

最后，贺龙还叮嘱了一句，他说："注意，不要输给蒙古。"

1965年10月，贺龙还出席观看了新疆维吾尔自治区举行的民族形式体育运动会，并接见了摔跤手和骑手们。

另外，贺龙对于民族形式的赛马、射箭、摔跤等项目，都给予了极大的支持。

同时，贺龙也有计划地培养了一批少数民族运动员和体育干部。

可以说，我国民族体育运动能够得到很好的发展与传扬，这一切都有赖于党和国家的重视。

兴办少年儿童业余体育学校

1955 年，在贺龙的大力推动下，上海办起了全国第一所青少年体校。对此，贺龙大为赞赏。

他说道：

> 运动员就得从小培养起。上海各个区都可以办一所这样的体校。学校是体育的重点，层层上去，形成宝塔形，才能加速提高运动技术水平。

可以说，贺龙极为提倡各省市兴办少年儿童业余体育学校。

在贺龙的倡议下，国家体委于 1955 年先在北京、上海、天津试办了三所少年儿童业余体育学校。

1956 年，少年儿童业余体育学校的兴办得到了全面的推广，并迅速发展到全国各地。

到 1957 年年底，在全国 92 个市、20 个县办起 159 所少年儿童业余体育学校，在校学生达到了 1.7 万多人。

到 1965 年年底，全国的体育学校已达到了 1800 多所，其中 455 所为重点体育学校。在校的专职教员有 2490 人，学生达到 7 万多人。

1966 年 5 月 17 日，贺龙在北京工人体育场接见全国业余体校教练员训练班全体人员。

这是新中国成立以来规模最大的一次训练班，参加的有田径、体操、游泳、排球、足球、篮球、乒乓球和举重等 8 个项目的 800 多人，他们来自全国各地。

许多人都是第一次来到北京首都，第一次见到敬爱的贺龙元帅。他们激动万分，围着贺龙，争着握手问候。

贺龙则微笑着一个一个同他们握手，询问他们来自哪里，叫什么名字，搞什么项目，有什么困难和想法。

贺龙被教练员们簇拥着穿过足球场，走向主席台，准备一起合影留念。

贺龙边走边对他们说道：

> 你们在最基层，体育苗子全靠你们培养。只有你们发现和培养出人才，国家队才有优秀运动员。中国 6 亿人口，哪怕 1 亿人当中出 1 个世界冠军呢，就有 6 个！哈哈，我这个当体委主任的，要向你们伸手要哟！

贺龙的一席话，把大家说得都笑了。

这时，贺龙好不容易走到准备摄影的椅子前，坐下来擦着额头上的汗水。

然后，贺龙把警卫员叫过来，悄悄地指了指自己的脚。这一下，他身边的教练员们全愣住了。

原来，不知谁在拥挤中踩掉了贺龙的一只鞋！而贺老总怕影响大家的情绪，竟然穿着袜子走了一路。他谈笑风生，居然谁也没有察觉到。

对此，教练员们非常过意不去，大家急忙连声说道："实在对不起……"

贺龙摆摆手，笑道："这有什么关系。让小鬼捡回来就是了。"

可以说，全国业余体校教练员在贺龙那里，得到了巨大的鼓舞，他们回到各自岗位后，更加勤奋地工作，训练水平也不断提高，为国家培养和输送了一批批体育人才。

我国的优秀选手，大部分都经过业余体校训练。因此，可以说业余体校是"冠军的摇篮"。

召开全国职工体育工作会议

1954 年 11 月，全国总工会和国家体委在北京联合召开第一次全国职工体育工作会议。

会议上讨论了如何开展工人体育运动，并制定了《关于开展职工运动暂行办法纲要》。

1955 年 1 月，国家体委又下达了《关于批准中华全国总工会〈职工体育协会组织暂行条例〉的指示》。

这是全国总工会主席赖若愚等领导人积极配合国家体委普及群众性体育运动的两个有力步骤。

20 世纪 50 年代，在这次会议的推动下，全国各地的工人对于国家体育运动的号召积极响应。

全国机关工作人员坚持参加工间操的达 70% 以上。北京、上海、四川、江苏、河北、沈阳等 19 个省市的工会、体委和团委联合组织工作组在 70 多个厂矿、企业搞了试点。

铁路系统的"火车头"体育协会，在全国职工体育活动中起到了"火车头"的作用。全国铁路职工经常参加体育活动的人员达到 52 万多人，成为各工业、交通系统之首。

1955 年 7 月，全国煤矿第一届职工体育运动大会于北京先农坛体育场举行。贺龙此时正在波兰访问，没有出席运动会。但国家其他领导人周恩来、陈毅、萧华和赖若愚等出席了运动会。

紧接着，1955年10月，在北京举行了第一届工人体育运动大会。

贺龙在大会上致辞时，把第一届全国工人运动大会称作"中国工人阶级历史上一个重大事件"。

他说：在我国进行社会主义建设当中，不仅需要工人阶级有高度的阶级觉悟，而且需要有强壮的身体。体育运动决不应当是供少数人玩乐的工具，而必须成为动员广大群众为生产服务的重要手段，成为向劳动人民进行共产主义教育的手段之一。

贺龙对这届运动会的组织给予了大力支持。

开幕式这天，贺龙请来了毛泽东等党和国家领导人到会。刘少奇、周恩来、朱德为大会题词祝贺。

运动会开幕式的团体操，是由北京师范大学女附中来表演的。

这所学校的体育教研组组长张婉容利用暑假编写出一套10种图形的韵律体操。

其实，早在运动会准备阶段时，1200多名师生每天就利用闲暇时间不停地排练。

而党中央对她们的排练也极为关心。有一天，正当她们排练的时候，贺龙、陈毅同国家体委负责人员来校视察。

顿时，在场排练的师生一片沸腾。学生们高兴得又跳又叫，把两位元帅紧紧地包围起来。

贺龙见到张婉容老师后，关切地问道："体操排练完了吗？"

张婉容说："还有几节没排完。"

贺龙说："有什么困难没有？"

"各级领导都很支持，同学们热情也很高，没什么困难。只是觉得时间太紧了，因为只能在课外时间排练。"

贺龙听后，便马上与学校负责人商量，建议适当抽出一些课时来进行排练，并鼓励她们说："排练这样大型的团体操，我们还没有经验，可是经验是创造出来的，我们要敢闯嘛！"

在开幕式后，选手们开始进入到比赛之中，参加本届运动会的选手有 1700 多人，他们都是从 17 个产业系统的 120 多万职工运动员中层层选拔出来的。

在运动会结束之时，共有 10 名运动员打破了 11 项全国纪录。

可以说，在一系列的运动会召开之后，全国职工掀起了体育活动的热潮。许多体育爱好者纷纷要求参加体育协会。

然而，各级体育协会成立时，有的协会条件过高，挫伤了一些喜爱体育的积极分子的热情。

贺龙发现这一问题后，便批评道：

有的地方，入体协比入党、入团还难。要

自传，找保人，参加宣誓等，手续很多。这样
做是太保守了。今后应普遍地建立起来。

这之后，在贺龙和国家体委的引导之下，到1955年
底，全国总工会和各省、自治区、直辖市工会相继建立
了体育部。

1956年底，在全国建立起了全国性产业体育协会19
个，基层体育协会2.51万个，会员达到168万人之多。

其中，成立较早的铁路系统"火车头"各级体育协
会，还配备了专职工作人员229名，兼职工作人员1400
多名。

在职工体育运动的高潮时期，广播操和生产操也得
到迅速推广。全国组织了近万个锻炼小组，有22万多人
参加"劳卫制"锻炼。全国各项业余运动队有7.7万个，
队员达8000万人左右。

还有一些职工运动队成绩非常好，有的甚至和国家
级运动队不分高下。

如，1954年，大连造船厂足球队同全国最著名的
"八一"队和中央体育学院队都踢成了平局。

再如，1956年的21个单项举重全国纪录中，有7项
是职工运动员创造的。

此外，准备参加第十六届奥运会的92名运动员中，
有27名运动员居然都是从职工中选拔出来的。

贺龙经常督促国家体委群体司负责人加快普及群众

体育的速度，他还发现问题就提出批评，并要求加以改正。

但是，当贺龙发现批评错了，他就主动检讨。

比如，在1956年全国体工会预备会上，贺龙又抓住这个机会开始宣传群众体育的重要性，他说道：

> 我因为血压很高，本来今天不打算来。但昨天晚上想了想，今天还是非来不可。事实上群体司已超额完成计划，应当奖励。因为我对所发文件没有很好地看，反而批评了他们。我这个批评应当取消。
>
> 体育事业是6亿人的事业。沈钧儒老先生每天坚持锻炼。毛主席常游泳，身体很好。昨天开大会，毛主席只穿了一件薄薄的棉大衣。马约翰老先生冬天只穿单裤或夹裤。这都是锻炼身体的结果。

贺龙带病参加会议，并在大庭广众之下承认错误，公开道歉，这种坦荡的胸怀，使大家感受到了贺龙的可亲可敬。

1958年1月，贺龙听说全国总工会准备要压缩当年的体育活动经费，便亲自致函赖若愚：

若愚同志：

随着国家社会主义建设高潮的到来，文化体育运动的高潮也必然接踵而来。为在已有的基础上，更大规模地开展群众性体育运动，盼你把工人运动搞起来，以引导全国人民体育运动事业的发展。

据说今年总工会体育规划的数字小，经费也大大缩小了，望加修改。因这笔钱也是有关工人福利的，仍应保持去年工会会费 10% 到 15% 好。另总工会和各级工会的体育部应迅速建立起来，以便有领导地开展国防体育活动。

此致

敬礼

贺龙

元月 20 日

贺龙对体育运动的发展与推广非常关注。这封信，反映了贺龙期望他们更上一层楼的心情。

全国总工会领导的职工体育运动，在当时普及面最广，成绩也非常显著。

经过总工会等群众团体和众多体育积极分子的努力，群众体育活动越搞越红火，各种各样的体育活动都得到了蓬勃开展。

这一时期体育运动搞得非常出色的单位有很多。如，山西新绿纺织厂、天津绒毛加工厂、东北机械三厂和上海国棉三厂等，参加人数达到各厂的 60% 至 80%。

另外，有一些厂矿、企业、单位还开展了"10 分钟体育锻炼"。

在这个体育锻炼热潮中，文艺界的职工也都积极参加体育运动。如：著名电影表演艺术家崔嵬，演员张亮，相声大师侯宝林和马季等都曾披挂上阵。他们分别组织了演员剧团男子篮球队和新华社、中央人民广播电台、体育报社、北京日报社等单位的记者联队，开展友谊比赛。

侯宝林作为教练员兼运动员，活跃在赛场内外，引起球迷们的极大兴趣，留下了一段体育佳话。

召开全国农村体育工作会议

1956 年 6 月，国家体委根据贺龙的倡议，在北京召开了首次全国农村体育工作会议。会议提出：

依靠共青团组织，在发展生产的基础上，坚持业余、自愿和简便易行的原则开展农村体育运动。

会后，四川、湖南、河北、新疆等 10 多个省、自治区组织力量到农村进行调查研究。

同时，国家体委群体司也派人去河南省长葛县搞农村体育调查。他们背着行李，用了一个多月的时间，走了七八个乡。

其实，早在 20 世纪 50 年代初，贺龙就认为，"体育队伍的雄厚力量还是在农村"。

但是，由于农村的体育水平普遍较低，经费又非常有限，所以开展体育活动则应该有重点，因地制宜，循序渐进，量力而行。

根据这个精神，国家体委在 1953 年确定了在农村中实施体育运动的方法：

主要结合民兵训练，利用农闲季节，重点试行一定运动项目的经常锻炼。另外，也可以一般地提倡农民中固有的有利于增进人民健康的民族形式体育。

50 年代初，农村体育运动的发展还是比较快的。比如，原来体育相当落后的西南地区，由于贺龙的大力提倡，到 1953 年已经有明显的改善。

这可以从 1953 年 4 月 27 日贺龙在全国体育工作会议上的讲话看出，贺龙说："在少数民族地区，几乎每个村庄都有排球架、篮球架……有些人没有球鞋，就光着脚踢足球；没有球场，就去河滩上踢。"

到了 1955 年 1 月 9 日，四川省体委副主任刘文煊向贺龙汇报说："农村青年热爱体育，但没有经费，就拿晚上捉鱼卖的钱买球。"

另外，内蒙古自治区体委副主任哈萨巴特尔也对贺龙说："青年喇嘛组织了两个篮球队，打败了全盟的代表队。有些喇嘛要求打球。有的活佛支持青年喇嘛，给他们买球，做运动服。"

对此，贺龙在接见各地体委党外人士时说："这说明体育不仅可以改善人民身体健康，还能收到移风易俗之效。国家体委要给这些地区拨一部分款，扶持群众的体育运动。"

可以说，中国农村地域广大，体育运动的开展极为

发展体育运动

不平衡，除个别项目外，体育的普遍水平都相当低。

而中国80%的人口在农村，因此，普及农村体育运动，对于提高全国人民的体质和运动水平，就有着非常深远的意义。

经过几年的组织工作，到1957年，中国农村已经建立起3万多个基层体育协会，会员达到了90多万人。

在中国农村，还自然形成了一些体育运动之乡。如："足球之乡""排球之乡""田径之乡""武术之乡""游泳之乡""摔跤之乡"等。

其中，非常著名的是广东"三乡"，它们分别是：梅县的"足球之乡"、台山县的"排球之乡"和东莞县的"游泳之乡"。这三个县的运动队在全国比赛中都曾经名列前茅。

贺龙把这些体育之乡视为明珠，曾在国家体委的工作计划中指示道："广东梅县的足球、台山的排球、中山的篮球、吉林延边自治区和辽宁金县的足球，都有长久的历史传统"，要把他们的经验"普及到广大农村"。

1958年，贺龙在全运会准备工作第三次会议上还建议道："对东莞县应该奖励，替他们修一个有跳台的游泳池，送给几只船。"

3月1日，贺龙就全国各地群众开展体育运动的情况，写信给周恩来和邓小平。信中说道：

湖北反映，农民缺少文化生活，主动组织

球队。汗川人和乡有几个篮球队，社干部带上球队到乡里开会，休息时就比赛，一场有800观众。青年订出增产计划，收入用来买球，有的用棉花缠起做球。各地同志也提出对农村要求低了，并且一致希望能在40条或60条中再加上"体育"两个字。

19世纪60年代初，由于国家处于经济困难时期，针对当时国家具体情况，国家体委提出：

农村体育要区别情况，暂时少搞。自然灾害严重的地方不搞的原则。

然而，有些尚有条件的地区实际上完全停止了体育活动，有一些县甚至撤销了体育机构。这一情况，一直延续到1965年才有所好转。

此后，随着经济形势的好转，农村体育运动便逐渐得到恢复，并得到了进一步的发展。

推行"劳动与卫国体育制度"

1958 年 9 月 29 日，蔡树藩向周恩来提交了一份《关于劳动卫国体育制度的报告》，对一些体育项目标准进行了修改，并提出：

> 将"准备劳动与卫国制度"的名称改为"劳动卫国体育制度"。

但是，周恩来对这个名称的修改并不是很满意。

其实，实施"准备劳动与卫国体育制度"，简称"劳卫制"，是贺龙率代表团到苏联考察后，参照苏联的经验，再结合我国在北京、上海等地试行体育锻炼标准的实际情况，在 1954 年从学校开始试行的。

1954 年 5 月 4 日，"劳卫制"暂行条例经政务院批准，颁布实施。

制定中国式的"劳卫制"，是由国家体委副主任蔡树藩主持的。

"准备劳动与卫国体育制度"是一个外来语，从字面上看，只适用于在校学生。

因此，周恩来对这个名称并不满意，建议改一改。

而出人意料的是，当蔡树藩提出修改的名称后，10

月 17 日，他在去莫斯科的访问途中，因飞机失事而不幸遇难。

在当年 10 月下旬的国务会议上，贺龙、黄中、陈先等人出席了会议，他们一同参加讨论了蔡树藩的报告。

在会议上，贺龙提出：

> "劳卫制"是蔡树藩同志主持的，为了纪念他，名称似可暂时不改。

对此，周恩来说：

> 贺老总搞得对，这是对树藩同志的最好纪念。

因此，直到 1964 年，"劳卫制"才正式改名为"青少年体育锻炼标准"。

可是，这个时候，群众已经习惯称其为"劳卫制"了，所以在群众的生活中，这个名称还是沿用了很久。

但是，在推行"劳卫制"的几年时间中，事情并非一帆风顺。

有的学校搞了体育以后，有些学生学习成绩有所下降，于是有人就开始不赞成推行"劳卫制"。

甚至有一个学校在搞"负重长跑"时死了一名学生，更是引起一部分人反对"劳卫制"。有几家报刊还登了不赞成"劳卫制"的文章。

在这些舆论面前,贺龙的决心是坚定的,他并没有因为面前的挫折而动摇。他认为不能因为出了个别的事例就取消"劳卫制",而是应该通过修改项目和加强技术指导来解决问题。

对此,贺龙委派荣高棠专程去北戴河请示周恩来。

周恩来当即批示道:

"劳卫制"还是要搞。

其实,推行"劳卫制"的初衷,是为了培养健壮、坚毅、勇敢的社会主义建设者和祖国的保卫者。

其锻炼内容包括田径、体操等多种项目,根据不同年龄、不同水平分级分组,制定出相应的标准,凡各项测验合格的青少年,都可以获得"劳卫制"证章和证书。

可以说,"劳卫制"的推行,极大地鼓舞了广大青少年对体育运动的热爱,并且加强了他们对体育锻炼的积极性。

"劳卫制"的开展,主要是面对在校学生推行。全国大多数学校都得到了充分推广,绝大多数学校都坚持"两课、两操、两活动",就是每星期上两节体育课,每天一次早操、一次课间操或眼保健操,每星期两次课外活动。

从"劳卫制"颁布到 1956 年的短短两年内,学校体育活动得到了蓬勃的发展，全国有 83 万多青少年达标，从而促进了青少年在德、智、体三方面的健康发展。

但是，在 1958 年，国家体委却提出了一些不切实际的过高标准。有的地区甚至提出"白天千军万马，晚上点灯笼火把"搞体育的口号，打乱了学校体育教学的科学性和系统性，违背了体育锻炼循序渐进的规律，损害了学生的健康。

后来，贺龙和国家体委觉察到了这个问题的严重性，于是加以纠正。因此，贺龙经常在事先不通知的情况下到基层检查。

1960 年 6 月 4 日，他在湖南视察军工生产，了解到湖南大学推行"劳卫制"成绩突出，学校的运动技术水平也提高很快，在长沙的高校运动会上获得总分第一名。

于是，贺龙利用工作间隙，突然来到岳麓山下的湖南大学，查看了学校的体育活动，接见了拥有 180 多名运动员的校代表队。

贺龙对学校党委书记说：

> 我听到省体委的同志说，你们学校的体育活动开展得好，在今年的高校运动会上拿了个第一。我要查对一下，是不是好，是不是第一？

当贺龙视察之后，他感到非常满意，于是高兴地说道："加紧点，今后要搞得更好，争取全国第一！"

1958 年秋天，为了进一步总结交流推行"劳卫制"的工作经验，国家体委分别召开了中学和高校体育工作经验交流现场会，并决定给先进单位发奖。

在开会之前，贺龙对组织会议的人员说："奖旗要做得大一点！"

全国高校体育工作经验交流会在北京召开，到会的有 49 所高等院校的代表。

贺龙出席会议，亲手将绣有"全国体育运动红旗院"的 5 面大红旗，分别授予北京矿业学院、合肥矿业学院、南京航空学院、西安建筑工程学院和沈阳农学院。

而中学体育工作经验交流会则在江苏徐州举行，荣高棠代表国家体委出席了会议。

总之，在广大青少年中推行"劳卫制"的 10 多年里，虽然也出现了一些工作中的偏差，但取得的成绩是巨大的，总共有 4200 多万人通过了"劳卫制"和青少年体育锻炼标准，从而促进了青少年健康成长，并且培养了大批的体育人才。

比如，清华大学每星期有 4 次课外体育活动，每次 45 分钟，考试期间体育活动也照常进行。

而且，每逢课余、假日，就出现体育锻炼热潮，不仅师生的健康状况得以提高，还涌现出了 10 名运动健将。

北京矿业学院最为突出，院党委书记亲自抓体育，设立文体办公室负责全院文体工作，保证学生每天有一小时的体育锻炼时间。

同时，学院还成立了足球、排球、篮球、游泳、体操、田径等9个项目的院代表队，坚持在业余时间训练。

1959年，在高校田径运动会上，北京矿业学院的选手战胜了北京体育学院队，夺得总分第一名，并且还有9人获得了"运动健将"的称号。

可见，"劳卫制"的推行与实施，使青少年在体育运动方面得到了健康而全面的发展。

陈毅、贺龙寄语棋赛与体育

1960 年 6 月 28 日，贺龙和陈毅在北京接见了中国围棋、象棋和国际象棋的部分名手。

陈毅说："贺老总，你是体委主任，请你给棋手们讲讲话哟！"

贺龙说："还是你主讲，你对下棋是内行，我陪你，需要我说话，我再讲。"

这是贺龙严格奉行的一条准则：凡是他请来主讲的，他一定相陪，绝不多讲话，也很少插话。

于是，陈毅对棋手们说：

最近在上海开会，北京正有棋赛。听说黄永吉同志跟日本朋友下，本来是赢棋，黄永吉下错了一着，下和了。在上海，就赢了两盘。当时正是攀登珠穆朗玛峰的登山队安全返回。我把这两件事告诉了毛主席和周总理。毛主席听了很高兴。大家为这两件事干了杯。

中国象棋有成千上万人下。国际象棋还不普遍。围棋有几万人下。党和政府很关心下棋。这是个高尚的文化活动，要好好开展。过去 10 年，我们对棋类关心得不够。

要看第二个 10 年了。我们要提倡三种棋。围棋，以日本为目标，62 年下平，65 年战胜。日本人所向无敌，很骄傲。

我国从乾隆以来，一蹶不振。国运衰，棋运也衰了。最近我接见了日本围棋代表团。他们的负责人说：围棋原是中国的，现在日本下得最好的是吴清源，他也是中国人。

上海有人说"30 年也赶不上日本"。我们反对失败论者。围棋应该三年五载就赶上日本。赶不上那还行啊……

这时，全场的棋手们则以掌声向贺龙表示敬意。然后，陈毅接着说道：

中国象棋有几千万人下，不能置之不理。这是我代表党中央和国务院宣布的对棋艺的政策。要出棋类刊物，搞个印刷厂。

我们要大力培养新生力量，老的要把年轻的带好，不要怕输。年轻的把老的打败了，才有希望。

今天大家欢聚一堂，希望大家好好努力。

之后，贺龙接着说道："我完全同意陈毅副总理的讲话。体委正在研究解决棋手们的组织领导和待遇问题，给你们创造较好的条件。希望老棋手们好好总结经验，带好徒弟。同时又希望年轻的棋手超过老师；青年棋手要加强思想修养，学习军事思想方面的论著，做到又红又专，手上有千斤之力。"

其实，事先贺龙早已和陈毅研究了成立棋社，以及提高棋手的生活待遇等问题。因此，才有了上面的一番话。

1960 年的秋天，在北京举行了全国棋类锦标赛。这是棋界的一件盛事。

而此时，贺龙却受中共中央之托，于 10 月 21 日率领中国军事友好代表团赴朝鲜访问，并参加朝鲜为中国人民志愿军入朝作战 10 周年举行的纪念活动，预计 11 月中旬才能返回北京。

因贺龙不能参加棋类锦标赛的闭幕式和为优胜棋手们颁奖，于是就又请陈毅代劳，陈毅欣然应允。

陈毅在闭幕式上，对棋手们说：

这是解放以来最大的一次棋类运动会。贺龙同志不在北京。我代他发奖。不过要说明，即使他在，我也要来参加。我对棋类活动很有兴趣。下棋是正当娱乐，是人民生活中不可缺少的。它表现人民的精神面貌、道德品质，不能简单地看作游戏。一个国家娱乐不正当，必然衰败灭亡。娱乐正当的国家，必然兴旺。要诱导千千万万的人搞健康的娱乐。棋类活动趣味浓厚，很有艺术性，可以培养人的思想品德，使人的头脑细腻。

从历史上看，国运衰，棋运衰，国运兴，棋运兴。唐太宗盛世，棋运兴，赵匡胤和清乾隆统治时期国运兴旺，下棋也盛极一时。现在，我国结束了几十年混乱，和平发展，空前团结昌盛，文娱和棋类活动大大发展。这样多的人下棋的国家，一定垮不了。这样说是否科学？我看可以这样说。今年比赛成绩不错。我代表党中央、国务院向同志们祝贺。这些话希望大家带回去广为传播。

之后，贺龙对陈毅两次提出的"国运兴，棋运兴"的论断极为赞赏，并且加以推广，又解释为"国运兴，体育兴"。

贺龙认为，国家的政治形势和经济形势好，就为体育运动的发展提供了良好的环境基础和物质条件。在全国进入社会主义建设时期，就应该把体育事业向前推进。

因此，在第一届全运会之后，便在一些重点项目上建立起层层衔接的训练网，形成了人才宝塔。

上面一级是省以上代表队，中间一级是少年儿童业余体育学校、体育中学和运动学校，下面一级是学校基层运动队、训练点。

国家体委和共青团、教育部等部门曾多次联合，在青少年中开展乒乓球、游泳、田径、广播操、小足球等活动和层层破纪录的活动，从而推动了体育活动的普及，以及运动技术的提高。

比如，乒乓球当时在全国形成热潮，仅在少年儿童业余体校接受训练的就有两万人，在全国能够挥拍上阵的则达到上亿人。

在这一雄厚的基础上层层选拔出国家代表队，取得第二十六届世界乒乓球锦标赛的胜利，便是非常自然的事。

贺龙主张贯彻因地制宜的原则，靠山登山，靠水游泳，北方要搞滑冰，速滑、花样滑冰、冰球也要搞起来。

1963 年，中国速滑队在世界速度滑冰比赛中，王金玉、罗致焕双双打破世界男子个人全能纪录。罗致焕在 1500 米比赛中，以 2 分 9 秒 2 的成绩获得中国速度滑冰的第一个世界冠军。19 岁的王淑媛获女子 1000 米第二名。

3 月 8 日，贺龙在接见归国的速滑队时说：

> 欢迎你们凯旋。滑冰是国内开展得比较迟的运动项目，条件较差，没有室内冰场和人造冰场，每年训练时间只有短短几个月，但进步很快。
>
> 今后三年左右，能否搞点别的项目？除速

滑外，还有冰球、花样滑冰，都要搞起来。华北、西北没有条件。冰上运动主要靠东北。

1965 年 8 月 1 日，在哈尔滨举行了该市第六届体育运动会的江上游泳表演。贺龙在江上俱乐部观看了表演，并向黑龙江省体委负责人谈了他的一些想法。他说："镜泊湖那儿大可利用，可以以湖养湖。滑冰，你们应该包下来，因为有这么有利的条件。要调些教员，搞些好钢好刀。要选好苗子，在全国选。你们点名，我给你们调。调不来，我负责；搞不好，你们负责。这个项目是你们的嘛！你们还可以多搞些自然冰场。"

紧接着，1965 年 9 月，贺龙又主持了第二届全国运动会。继第一届全运会后，全国又掀起了第二个群众性体育运动的高潮。

参加体育活动的人上亿，仅参加乒乓球比赛的就有 9000 万人。

在这届全运会期间，有 24 名选手 10 次打破 9 项世界纪录，2331 名运动员 469 次打破 130 项全国纪录。这一年，共有 66 人 41 次打破 28 项世界纪录。

在体育事业蓬勃发展的情况下，到 1966 年前，按照贺龙和国家体委的战略部署，一些重点体育项目在全国都建立了相应的基地，如：滑冰在东北，登山在西南、西北，排球在山东等。

随着人民生活水平的提高，体育事业的发展和医疗条件的改善，中国青少年的平均身高比父母亲一代普遍增加了 3 厘米左右。中国人的平均寿命，也由新中国成立前的 35 岁提高到 60 岁以上。

以上的成果，可以说标志着中国的体育运动已经向着更高的台阶发展起来。

二、 发展国防体育

● 国防部颁发了体育训令，指示道：各军兵种建立健全体育机构，在团以上单位配备专职体育干部。

● 1958 年 5 月 29 日，周恩来接见国家体委负责人，谈了他对国防体育的一些设想。

● 1958 年 8 月，全国规模的航海模型比赛，在北京龙潭湖举行。面对这场比赛，贺龙异常兴奋地说："我们要建设一条强大的海上铁路。"

贺龙在军队中开展体育运动

1954 年 4 月 13 日，贺龙就在军队中开展体育运动问题，通过中央人民广播电台，发表了《对中国人民解放军全军指战员的广播词》，指出：

人民解放军要完成现代化建设，以有力地防御帝国主义的侵略，保卫我国社会主义建设。除了必须从政治上、军事上以及文化科学水平上继续作一系列努力外，还必须在部队中大力提倡体育运动，加强体育锻炼。使每个同志都能够更好地掌握现代的作战技术，使每个同志都能够高度地发扬现代作战的组织性和纪律性，连续性和艰苦性，以便克敌制胜。

要做到这一点，没有坚强耐劳的体魄，没有机动、敏捷的体能，没有勇敢、坚毅和集体主义的精神是不可能的。而体育运动是实现上述身体条件的重要手段之一。

此外，贺龙还一再要求：

多多提倡适应军事需要的各种体育活动，

首先使部队中的所有成员都组织到一定的体育活动中来。

大量培养专业的和业余的体育干部。

贺龙以广播词的形式来呼吁全军开展军队体育运动，在中国还是第一例。

不久，国防部颁发了体育训令，指示道：

各军兵种建立健全体育机构，在团以上单位配备专职体育干部。

其实，早在1952年就已经颁发过第一道"体育训令"。

那时，是根据贺龙的指示，西南军区李达副司令员于1952年11月18日主持召开了成立西南军区体育指导委员会和体育工作队的筹备会议，研究了体工队的编制人数、指导人员的聘任、场地、宿舍、生活待遇等项问题。

19日，由军区文化部部长陈斐琴、副部长任剑青向贺龙写了会议简报。

贺龙阅过简报之后，立即复信道：

斐琴同志：

体育会议简报已闻悉，望按此执行，不要

拖延！另关于体育训练团的训练，可多将苏联体育影片演出给他们看。增加一些必要的设备，如练足球的小场子等。多向苏联影片中所介绍的训练方法学习。

贺龙

11 月 23 日

1952 年 12 月 5 日，西南军区正式颁发了《关于开展部队体育运动、增强体育教育与建设的指示》：

军区体育指导委员会，业已正式成立。

以李达、王新亭、李夫克、黄立清、余秋里、孟敬宇、张之槐、陈斐琴、许志奋、王焕如、王敏昭、任剑青、潘阳泰等同志组成之，以李达同志为主任委员，王新亭、李夫克两同志为副主任委员。以陈斐琴、许志奋同志为正副秘书长。

军区成立专业体育工作队，选拔全军区的优秀选手和身体高大强壮并有培养前途的人员集中训练。全队编制干部及队员人数定额为 200 人，即以以前赴京代表之一部为基础，逐渐选拔优秀以充实之。该队以张之槐同志兼任队长，以许志奋同志兼任政治委员。另设专职副队长、副政委。工作队的教育训练任务。以兼顾培养优秀选手与普及部队体育运动为方针。并在此基础上得以逐步提高。为达到此目的，工作队又须经常地定期地轮番深入部队表演示范，以指导与推动群众性的体育运动。

此外，这一文件还规定：

各级军区亦须成立专业体育工作队。其编制人数暂定云南、四川两军区各80人；贵州军区60人；西康、西藏两军区各40人。

体工队的教育、训练课程的比例为：政治教育10%左右；体育业务教育60%。

体工队的伙食标准是"小灶每人每日加鸡蛋2个、牛奶1磅、月加白糖1斤"。

文件还对各军区亦应成立体育指导委员会规定道：

部队中之体育教育，需从两方面着手，根据部队训练需要，选择项目，大力提倡，与军事教育相结合，与俱乐部活动相结合。

这是西南军区成立后的第一项"体育训令"。

可以说，军队中的体育运动，无论是一般体育还是军事体育，对于提高战斗力，增强国防力量，都有着直接且重要的作用。

其实，关于中国人民解放军中的体育运动，早从红军时期就已开始，有着优良而深远的传统。

因此，对于贺龙这位行伍出身的元帅来说，领导军队体育工作，可谓是驾轻就熟。

不同的是，贺龙以前只是领导一个方面军或西南军区的体育工作，而当他担任国家体委主任之后，加在他肩上的重任，则是全国军民的体育运动，其中军队人数就达到数百万。

1955年，人民解放军训练总监部设立了体育局。但局长的人选却一直是个问题。

对此，贺龙对训练总监部的负责人说：

查查韩复东在哪里？调回来当局长。

此时，韩复东已经担任了第一二一师师长，兼广东汕头警备区司令员。

对于贺龙提议他当局长一职，他觉得自己年纪大了，恐怕难以胜任，便对贺龙说："我年纪大了，恐怕不能再搞体育工作了。"

贺龙说："这可不能从兴趣出发呀！我这么大年纪了，党中央、毛主席还叫我当体委主任。我不是从兴趣出发，这是党的事业。让你来又不是让你上场打球，是来当体育局的局长，领导军队的体育工作。你才 30 多岁，不但要来，而且一定要搞好。"

另外，贺龙还对韩复东说：

体育和国防的关系更是密切的，陆、海、空军都要有好的体力。飞行员一小时飞行几百公里，以至上千公里，没有体力怎么行？

搞好体育训练，是提高部队战斗力的一项重要物质基础，体育出战斗力。

此后，贺龙对于在军队中如何开展体育运动的问题，想过许多简便易行的方法。他经常对部队体育干部说："要多用脑子，要冲破条条讨论问题。"

贺龙还指出，部队除了搞正规的专业训练外，还可以利用中国河流多、水库多的特点，开展强渡、游泳、武装泅渡、撑竿跳、跳远、百米跑、万米跑、马拉松等简便易行、对作战又有实用价值的活动。

贺龙认为：技术兵种越发展，越需要体育。军队抢占要点，防突击、防空降、抓特务等，都需要跑得快。碰到小河，撑根竹竿即可跃过。

在韩复东就任体育局局长之后，他立即按照贺龙的交代，着手进行体育与战斗力关系的调查研究。

1957 年，韩复东写了《中国人民解放军的体育运动》一文，并公布了一些数字。文章说道：

空军某师飞行员，经过两个多月的体育锻炼，臂力增强的占 71%，反应增快的占 80%，握力增大的占 66.6%，心脏功能增强的占 74%。

福建部队某部姜玉培所领导的侦察排，全排官兵都能负重 40 公斤游泳 1 万米。防空军高射炮兵某连一战士过去装填 15.5 公斤重的炮弹入膛，只装 23 发两臂就累酸了。经过体育锻炼后，可以装到 323 发。

可以说，在进入国防体育建设之后，这样的实例是举不胜举的。

其实，早在 1953 年，解放军在广州就建立了体育学院和解放军"八一"体工队，贺龙对此非常重视，并且加以无微不至的关怀。

而公安部队的体育代表队，则是在邓小平和贺龙的提议与支持下建立起来的。

1959 年 8 月 3 日，贺龙在《关于公安系统体育工作致中央书记处的信》中说：

> 完全同意健全和加强从中央到地方的各级公安体育协会的组织和工作。
> 同意公安系统建立各种体育代表队。
> 公安系统的体育经费应适当增加。

"八一"体育工作队建队之初，人才极为缺乏。因此，总政治部的负责同志想找西南军区要，又怕贺龙舍不得给。

　　谁知，贺龙一听说这件事，便说道："'八一'队是代表全军水平的，军区应该支援'八一'队。"

　　这样，在贺龙的大力支持下，由西南军区"战斗"队向"八一"队输送了一批优秀运动员。有的到"八一"队担任队长，有的担任教练，还有不少运动员后来成为"八一"队的骨干。如：陈正绣、叶天、刘群、温小铁、胡景全、阎永伍、杜云礼、李代铭、叶佩琼等人。

　　但是，当国家队需要用人，想要给"八一"队选调一些优秀选手时，有的部队负责人却不愿割爱。

　　对此，贺龙毫不客气地对这种不顾大局的态度给予了批评，并责成其必须把运动员调给国家队。

　　可以说，"八一"队是贺龙亲手培育的优秀运动队之一。"八一"队的运动员们经常受到贺龙的接见和教诲。

　　贺龙元帅担任中央军委副主席时，他对"八一"队的要求极为严格，即所谓爱之愈深，责之愈严。因此，"八一"队在各种比赛中，都取得过好成绩。

　　比如，在 1953 年，解放军代表队在全国球类比赛中获得男女篮排球和足球的 5 个冠军，成为一支久负盛名、驰誉海内外的运动队。

　　同年，在全国田径、体操、自行车运动大会上，部队的运动员取得了总分第一名。

解放军的体育工作，一直居于全国一流水平，对国家队也作出了相当大的贡献。

从1951年到1956年，全军已有30万人参加"劳卫制"测验，有24万人获得了一级和二级证章；为国家输送了优秀运动员54名，被选为国家混合队的有55名。

"八一"队参加国际比赛达141场；在全国举重、游泳、自行车等项目中，解放军选手打破全国纪录329次。

在1957年国家体委公布的各项运动健将中，解放军中就有陈镜开、余邦基、许敏、刘敬仁、陈孝彰、林锦珠、叶佩琼等31名运动员。

中国第一次打破世界纪录的，是解放军举重运动员陈镜开。中国运动队第一次战胜外国国家队的，是1955年解放军女子排球队战胜保加利亚队。

由于"八一"队在全国各类比赛中经常名列前位，有一个时期便产生了骄傲的思想，作风也变得松弛。因此，"八一"队的一支球队在一次国际比赛中怯阵败北。

对此，贺龙进行了严厉的批评：

> 国内比赛称老大，现在成什么样子？不要内战内行，外战外行！

贺龙转而又对一名从西南军区"战斗"队调到"八一"队当领队的同志说："看看，你把球队带成了什么样子！再这样下去，我就撤你的职！"

由于贺龙及时的关怀与教诲，这才挽救了"八一"队，给了健儿们奋发向上的动力。

"八一"队员们认为，贺龙所给予的严格训练与顽强战斗的作风，是"八一"队取得各项成绩的一个重要因素，具有重要的指导作用。

1959 年 5 月 6 日到 16 日，为了检阅解放军的体育水平和选拔参加第一届全国运动会的选手，在北京先农坛主赛场举行了第一届全军运动会。

贺龙邀请了周恩来、朱德、邓小平、陈毅、罗荣桓、林伯渠、罗瑞卿、谢觉哉、李济深、沈钧儒等党和国家领导人出席观看。

参加比赛的有 16 个代表团的 1 万名运动员。比赛中除设有第一届全运会规定的全部项目外，还增加了武装泅渡接力和军事实用项目。

在这次运动会上，运动员们取得了良好的成绩。有 28 人次打破 16 项世界纪录；16 人次、两个队打破两项国际友军运动会纪录；101 人次、6 个队打破或创造了 50 项全国纪录。

发展国防体育

贺龙阐述发展国防体育

1954 年 12 月，贺龙在中共中央军委会议上，作了关于《开展群众性的军事教育和国防体育工作，为加强国防培养强大的后备力量》的专题发言。他阐述了关于开展国防体育的重要意义：

在广大的人民群众中间建立一个群众组织，来开展群众性的军事教育和国防体育，使广大的人民群众特别是青年和少年，不脱离生产和学习，利用业余时间，通过各种生动的形式来系统地学习一些基本的军事和技能，锻炼身体；加强爱国主义思想，提高革命警惕性，培养爱军拥军以至树立起自愿献身祖国国防事业的思想和志愿。

这样，不仅是为义务兵役制创办了一所很好的业余预科学校。一到入伍的时候，就可以提高正规训练的质量。同时也为服役期满退伍的青年准备了经常复习和继续提高自己军事知识和技能的场所，使得一个正常的公民，能在相当长的时间里，保持和发展自己的战斗能力。对国家来说，也是一个最经济和容易普及的办法。

新中国的军事教育和国防体育活动，从 1949 年就已经开始。但是由于缺乏经验，只组织了少数几个项目。为迅速、全面开展这项运动，贺龙作了这个报告。

贺龙在会议上介绍了苏联开展国防体育和设立相应机构的情况之后，接着指出：

> 1951 年，刘少奇同志曾指示萧华和刘亚楼同志，根据苏联的经验，考虑在我国建立航空化学志愿学会一类的组织，来着手培养国防后备力量。
>
> 经周总理批示，同意先筹建中央国防体育俱乐部，重点试办。
>
> 1952 年 6 月，在中华全国体育总会成立的同时，在北京建立了中央国防体育俱乐部。
>
> 三年来，还先后在青岛建立了"青岛航海俱乐部"，在成都建立了初级滑翔站和重庆跳伞运动站，并以这三个城市为重点，分别试办了航空模型、无线电和军事野营等 10 项军事活动……参加学习军事技术和国防体育活动的青年总共 5 万多人。

此外，贺龙还列举了全国 70 个城市中开展滑翔、划

发展国防体育

船、航海、舰船模型、射击、摩托车、无线电和军事野营等活动，并提出：

> 从今年10月起，中央国防体育俱乐部在北京举办13城市，即北京、天津、沈阳、哈尔滨、长春、上海、南京、武汉、广州、重庆、成都、西安、呼和浩特的国防体育专业干部训练班，训练航空模型、射击、摩托车这3项运动的指导员和教练员53人。
>
> 并在其中的8个城市，即北京、天津、沈阳、上海、南京、武汉、广州、重庆建立摩托车运动俱乐部，开展摩托车运动。
>
> 明年准备在北京造一座跳伞塔，在广州着手筹备新建一个航海俱乐部。1956、1957两年还要再造4个跳伞塔，新建两个航海俱乐部。
>
> 今年通过中波技术及技术科学合作协定，协助我国建立一个滑翔站和一个滑翔机制造厂。

贺龙还提出了1955年到1957年中国滑翔事业的初步发展计划和详细的预算。

最后，他建议："根据具体条件有重点地建立各个种类，如航空、航海、摩托车、射击、无线电等俱乐部来对群众及会员进行军事科学技术的宣传和训练。加强军委各部门对中央国防体育俱乐部在人力、物资、场地各方面的支持。"

1956 年，中央国防体育俱乐部改称中国人民国防体育协会，简称为国防体协，先后由蔡树藩和国防部副部长李达兼任主任。

此外，贺龙在提倡国防体育的同时，对自己的子女也没有放松其对于国防体育的锻炼。

贺龙的长女贺捷生自幼体弱多病，也不大爱参加体育活动。贺龙便要求她要经常参加运动。

有时，贺龙对女儿说："咱们一块儿做广播操，打打排球、乒乓球。"

有一次，贺捷生在"劳卫制"测验时不及格。

贺龙就勉励女儿说："你起码要争个及格呀！"贺捷生从此坚持锻炼，体质也逐渐强健起来。

贺龙儿子小龙则是最积极、最有实力的全能型选手。在重庆时，他刚刚会一点"狗刨儿"，贺龙便把他扔到北温泉的游泳池里，并说："学游泳，没有不喝水的。下去喝几口水，扑通几下就会了。"

到北京后，小龙常和运动员们交往，足球、篮球、排球、羽毛球、网球、乒乓球等各种球类，他都能上场应付一气。读初中时，他曾因踢足球摔断了腿，石膏绷带还没有去掉，贺龙就让他拄着拐杖去上学，小龙感到非常痛苦。

贺龙就说："不要娇，要坚持。打仗的时候，带着伤不也一样执行任务吗？我过去靠的是打仗。你们将来要

搞建设，靠的是真才实学，非认真学习不可。受点儿伤怕什么！"

小龙也因学摩托车挨过摔。但是，他在射击、刺杀、田径、体操等方面，成绩都不错。他曾经是全国青少年田径比赛中的"三铁运动员"之一。他和小伙伴们组成的篮球队，经常和国家机关队、外交官家属队比赛，往往是得胜而归。

贺龙有时间的时候便在一旁助威，说："谁赢了我都高兴。"

二女儿晓明擅长游泳和跳水。贺龙教孩子们学游泳、跳水非常严格。他搬板凳坐在池边监督，对晓明说："跳！喝几口水就会了。"有时，贺龙干脆就往水里推自己的孩子。

晓明往往被水拍得胸膛红肿，灌得恶心、呕吐。但是很快就学会了。贺龙爱和她比赛游泳。贺龙虽然水性极好，但却是"狗刨"式的底子，速度快不了。晓明总是让着爸爸。

贺龙一发现，就说："不能让我，有水平就发挥出来。不论是打球、游泳，搞体育比赛不兴让！"

小女儿黎明是乒乓球高手。周末，全家人能聚到一起时，常常举行家庭乒乓球比赛。优胜者还要打"表演赛"。贺龙和薛明坐在两旁当裁判员。

后来，贺龙想学自行车，但是却遭到全家人的反对，只得作罢。于是，他又想学滑冰，冰鞋买回来了，但是因为他年纪大了，血压又高，在全家人的劝阻之下，贺龙才没有光顾冰场。

这样，贺龙每天所能坚持的体育项目，就只有"大运动量"的散步，每次都在 40 分钟左右。可见，贺龙对于体育事业的热爱，以及对国防后备力量的重视。

1958 年，国防体协曾同国家体委分开。当年年底，又并入国家体委。

在这一段时期，航海俱乐部、射击场、滑翔学校、航空干部训练班、摩托俱乐部、滑翔机制造厂、航空俱乐部、潜水俱乐部、航海模型俱乐部等相继成立。

可以说，这一切的成果，使新中国的国防体育运动初具规模。

北京建成第一个大型射击场

1955 年 10 月 8 日，贺龙致函蔡树藩、荣高棠，提议制定颁发射击运动员证章的章程。

贺龙在信中说：

> 射击集训队的报告已阅，同意他们的意见。另外，可责成国防俱乐部根据射击运动家、一级射手、二级射手等称号，设计一些类型的证章，并制定出一套颁发证章的章程。
>
> 其中可规定：举凡佩戴证章的人，有出入射击靶场、参观、练习等项权利和义务。这样会增强运动员的荣誉感，并将促使其进一步钻研提高。我想这样做是有好处的。
>
> 今后体委恐怕也要逐步地设计和颁发运动家、运动健将和各级运动员的一些证章才好。

贺龙认为，在国防体育中，射击是最基本的，也是最便于普及的项目。

对此，贺龙曾说："关于国防体育问题，首先要开展射击运动，要使每个人都学会打枪，先学会打气枪，然后再学会打机关枪。"

国家射击队筹备委员会组成之初，便从部队选调来了近百名神枪手，成立了第一支国家射击队。

　　贺龙为了选址，带领从南京某军校调来的射击教员钱锦福等，跑遍了北京城郊，终于在风光秀丽的西郊翠微山下选定了北京射击场的场址。

　　1955 年 10 月，在贺龙的指挥下，终于建成了中国第一个大型射击场，也就是北京射击场。

　　11 月 17 日，在新落成的射击场举行了由中国首次主办的国际射击友谊比赛。

　　参加比赛的有苏联、保加利亚、波兰、蒙古、朝鲜、罗马尼亚、捷克斯洛伐克和东道主中国等 8 个国家的选手。

　　贺龙两次到北京射击场检查比赛的筹备情况，观看中国运动员的训练。

　　比赛开始，贺龙请来了周恩来和朱德出席开幕式。

　　在大会上，贺龙发表讲话说：

　　　　人民锻炼自己的身体，只是为了更好地进行创造性的劳动，促进经济和文化的繁荣，实现社会主义和共产主义；同时加强我们的国防力量，保卫自己的祖国不受侵犯，使各国人民能够和平共处。我们的目的，就是和平与友谊。

　　在比赛中，中国选手们尽自己最大的努力，发挥了最好的水平，取得团体总分第四名，男子军用步枪 3 × 20

团体和有 20 发卧射、20 发跪射团体亚军，20 发立射团体第三名，及女子自选小口径步枪 3×20 团体和 20 发跪射、20 发立射、60 发卧射团体第三名。

其中，李素萍不负众望，夺得女子小口径步枪 20 发立射的冠军。

中国射击队第一次参加国际比赛，取得了这样好的成绩，是极为难得的。

在庆贺友谊比赛闭幕的舞会上，贺龙特地把李素萍带到周恩来身边，介绍说："这是你的老乡，这次比赛得了冠军。"

周恩来高兴地说：

咱们国家第一次搞这种比赛，成绩不错。要继续努力，戒骄戒躁啊！

此后，北京射击场便成为贺龙常去的地方了。而且，他基本上每个星期天都去，行前也不通知。

在射击场的时候，有时贺龙就站在运动员身旁，观察他们的射击姿势，和他们交谈关于射击技术的专业知识；有时贺龙就搬个藤椅坐在靶场，长时间地看着运动员们进行实弹射击；有时贺龙自己也端起枪来试试枪法；有时贺龙和运动员一同吃饭，在三年困难时期，贺龙还和运动员一起啃窝头。

1956 年的一个星期天，贺龙到运动员宿舍看望大家。

当他看到运动员们在玩扑克牌，就说："我也算一个。"

贺龙的话，把运动员们吓了一跳，他们开始紧张起来，在打牌时，不时地出错牌。

贺龙看到运动员们很紧张，便笑着说："看准点，再出错牌，我可赢了。"

贺龙在打牌之余，发现几名运动员脚下的地面非常潮湿，他便放下牌，心疼地说："脚直接踩着这么潮湿的地，天长日久，容易得关节炎。"

贺龙当场找来负责后勤的工作人员，说道："运动员宿舍的地面要设法解决潮湿问题。可以先在桌子腿上装上踏板，让他们把脚放在踏板上。"

贺龙又看了看宿舍，接着说道："运动员宿舍里烧炉子有灰尘，不利于健康，应改装暖气。"

射击场地处远郊，运动员们平时看不上电影。

对此，贺龙找到附近驻军的负责人，请他们为射击场增加一个放映点。

于是，从 1957 年以后，运动员们每周便能看上一两场电影了。

1964 年 3 月 29 日下午和 1965 年 5 月 3 日下午，贺龙曾两次到射击场视察。

这时，贺龙和大家种下的果树已经蔚然成林，与翠微山相映成趣，射击场越显得秀丽异常。

这两次，贺龙都非常仔细地视察。他从队长、教员办公室到运动员、家属宿舍，从靶场、食堂到器材仓库，从主楼前的桃园到楼后的大沟，从篮球场到果树园，从洗漱室到厕所，可以说都去遍了。

在这一路上，贺龙除了谈体育训练外，还作了许多具体指示：

> 买4架"135"照相机、1架电影摄影机，在训练和比赛时拍摄射击动作，作为教学研究用。家属宿舍住得太挤，不卫生，要尽快解决。运动员宿舍里的收音机质量不好，让无线电俱乐部给组装一些。食堂仓库放置的面粉袋，要和地面有间隙，使空气流通，免得发霉，要先吃下面的，后吃上面的，防止积压久了变质，影响运动员的健康。

贺龙在巡视之后，非常欣慰地说道："射击场变了，变得很好。种果树可以结果实，有收获。我看，在路旁还要再种些杨树；空地上，都可以种上果树。"

接着，贺龙又指着主楼后边的大沟说："这里要放水，让它成为一条河，养些鲤鱼和草鱼。"

贺龙非常支持射击场自制射击专用枪支，他说："你们修械室制作的慢射手枪很好，要继续做下去。请转告他们枪做得很好，但要进一步创造与改进。我回去跟李达主任讲，让他再给你们增加一些设备和工人。"

在运动员食堂，贺龙看了饭菜后叮嘱说："我到运动系吃过一次饭，鸡净是骨头。菠菜里边沙子很多，也没什么味道，搞得不好。你们可一定要搞好食堂工作。"

在贺龙的关怀下，射击场进行了一系列的改善。这使运动员无论在训练中，还是在生活中都安下心来。

此后，国防体协陆续举办了射击俱乐部主任训练班、射击裁判员抓练班和第一次全国射击比赛。并按照贺龙的指示，国防体协制定和公布了射击等级运动员标准。

1957年，中国产生了第一批射击等级运动员，其中有9人获得运动健将称号。

9月，中国射击队在罗马尼亚参加第四届国际友谊比赛时，获得女子自选小口径步枪团体冠军。

陆桂珍、曹靖芬分别获该项目单项第一和第三名。刘佳秋获大口径步枪40发卧射亚军，张铉获男子自选小口径手枪60发慢射和速射两项亚军。

1959年，张铉在第一届全运会前的选拔赛上，以567环的成绩，超过由苏联选手雅辛斯基创造的小口径自选手枪50米60发慢射566环的世界纪录。

解放军女选手陈蓉，在第一届全运会上，以589环的成绩，打破自选小口径步枪50米和100米各30发卧射的世界纪录。

在第一届全运会上，还有89人149次打破16项全国射击纪录。

1965年，有6人5次打破了4项世界纪录。可以说，射击队在中国体育界是成绩突出的。

青少年开展国防体育运动

1958 年初，贺龙亲自写信给中国共产主义青年团中央第一书记胡耀邦。其内容大致为：

耀邦同志：

　　青年团关于军事体育工作的 7 年规划草稿我已经看了，总的感觉是规划数字小了。根据国家社会主义建设高潮的到来，也必然会出现一个文化的高潮，一个体育运动的高潮，人民健康情形需要提到一个新的更高的水平，体育事业必须迎头赶上。

　　第一条规定得很好，应力求在第二个五年计划期间把基层体育协会普遍组织起来。所提发展 6000 万青年成为会员的问题，最好分别按厂矿、企业、机关、学校、农村的不同情况，再具体地研究一下会员发展数字。

　　据说各级青年团军事体育部均取消，合并于宣传部门。这样做过早，将严重妨碍军事体育的发展。我意应予保留并应加强。请考虑。

贺龙在信中所提到的"文化高潮"和"体育运动高

潮"必将伴随着"经济建设高潮"而出现的观点，是极为精辟的。

另外，信中所体现的贺龙对国防体育的重视和一些具体意见，在当时对鼓励青少年参加国防体育运动，起到了非常大的作用。

其实，许多国防体育项目，如航海、航空、无线电等，都需要较好的科学理论和技术基础，培养运动员也需要一个较长的时间。

对此，1959年12月29日，贺龙在体委委员会上说：

> 国防体育，如无线电、航空、航海等都是科学技术，不懂科学技术不行，要培养技术人才、工程师。体育队伍不仅是一个大的干部队伍；而且也是科学队伍、国防的后备力量。

因此，国防体育就应该在青少年中，尤其是在学生中广泛开展与实施，才能把我们国家的国防体育建设搞上去。

1960年初，贺龙在举行的全国民兵工作会议上提出：

> 过去国防体协不敢下农村，今年要往下深入。
>
> 在学校，我们搞夏令营，愿意当空军的到空军去，愿意当炮兵的到炮兵去，愿意当海军

的到海军去，愿意学坦克的到装甲兵去，愿意
当步兵的到步校去。你在部队里就过寒假了嘛，
你愿意回家，搞一个礼拜还可以回家。这比在
学校里一个礼拜搞一两个钟头军事课好多了。

此后，国防体协和共青团采取了许多行之有效的办
法，吸引许多青少年和民兵积极参加了国防体育运动，
其规模是相当大的，其成绩也是相当好的。

其中，无线电运动就是一个例子。那还是 1958 年，
全国举办了无线电收发报比赛，并成立了中国人民无线
电俱乐部，颁布了《无线电报务运动员等级标准（草
案）》。

就在这一年，全国参加无线电活动的人数激增到 4.2
万人，有 184 人达到等级运动员标准。

在国际快速收发报友谊比赛中，中国队获得团体总
分第一名，夺得 9 个项目中的 8 个冠军。

11 月 3 日，中国第一部业余电台正式发讯，震惊了
世界无线电界，并引起了强烈反响。

1961 年 5 月 14 日，贺龙邀罗荣桓、罗瑞卿、李达和
黄中，来到位于景山公园北端的北京市少年宫，非常高
兴地观看了少年滑翔、无线电、航空模型和摩托表演。

1962 年 11 月，贺龙和李达等观看了参加全国无线电
工程制作评比的作品。

这些展品，绝大部分都是青少年运动员自制的，有

5%到10%的接收设备达到较高水平。

贺龙对青少年的发明创造特别感兴趣，但是对展品中纯粹仿制外国的"洋玩意儿"则表示不喜欢。

对此，他说："净摆些洋玩意儿，那是照搬来的。要提倡青少年搞自己的土东西，不一定追求好看。"

据统计，从1956年到1965年这10年中，全国共有137人356次刷新了各项无线电发报的全国纪录。

自肖山秀、李茹琴先后打破国际最高纪录后，中国的无线电收发报各项成绩全部超过了国际最高水平。

这些优异成绩说明，贺龙要求各项国防体育都打破世界纪录的愿望，是极有可能实现的。

周恩来提出全民皆体育

1958年5月29日，周恩来接见国家体委负责人，谈了他对国防体育的一些设想：

> 毛主席提出"全民皆兵"，以减少常备军数量，增加劳动生产率，强国强兵，进行爱国主义教育。我意通过"全民皆体育"实现"全民皆兵"。

在周恩来直接关怀下，国防体协的全体人员以组织战役的姿态和速度，加快了国防体育各种项目的基本建设。

国防体协取得各军区和部队的大力支持，从海军、空军选调了技术专家到各建设基地指挥设计和施工，部队还以设备和器材相支援。

李达和国家体委航海、航空运动司的曹思慧、冯德宝、李增明、李梓祥等，风尘仆仆，多次往返于福州、青岛、沈阳、安阳、张家口、邢台、密云、怀柔、良乡等地，筹建航空、航海等俱乐部及滑翔学校、飞机场和滑翔机制造厂等。

对此，就在1958年，贺龙在全运会的准备工作第三次会议上号召：明年全运会上，国防体育要力争破世界纪录。从现在起，要人给人，要钱给钱。没有器材，自己搞工厂。滑翔机制造厂明年要生产一批滑翔机。缺什么材料，给我一个底子，我去找计委；由黄中分别找赵尔陆，即第一机械工业部部长、森林工业部、化工部、纺织工业部等单位去交涉。需要准备什么东西，同时也开个单子给我。

贺龙为了解即将从波兰进口的滑翔机生产线和滑翔机，他在波兰访问期间，还专程到克拉科夫参观了滑翔机制造厂。

之后，由于贺龙的重视，体委在很短的时间内就得到了大批器材和物资，包括飞机。由于上下努力，为国防体育事业打下了坚实的基础。

后来，国防体育发展的全盛时期，仅飞机场就修建了 56 个。

1958 年 11 月 7 日，贺龙在北京接见了来华访问的苏联支援陆海军志愿协会主席别洛夫上将，并高兴地接受了他代表该协会赠送的"最高荣誉奖章"。

1959 年 8 月 25 日，经贺龙提名，李达被任命为国家体委副主任。

1960 年夏天，李达受贺龙委托，率领中国国防体育协会代表团出访苏联，考察国防体育，获得了许多有益的经验。

1961 年 4 月，为了加强对国防体育的领导，国家体委又从部队选调赵正洪担任国家体委副主任，分管国防体育工作。

1960年1月，陈毅在接见民兵工作会议、体工会议全体人员时说道：

> 体育也是为国家的国防提供优良的体质；
> 要把国防体育和民兵工作结合起来。

由于中共中央、军委和各大军区、省军区、省委的大力支持，国防体育得到了较好的发展，成绩也颇为突出。

1962年，2.5毫升竞速快艇模型的成绩，超过了第四届国际航海模型的最高成绩。另外，还有40人29次打破了17项全国纪录。

再者，据北京、天津、上海、辽宁、吉林、山东、广东等地不完全统计，参加军事野营和三防等国防体育项目的人数达到了560多万人。

可见，周恩来提出的通过"全民皆体育"实现"全民皆兵"的目标，已经得到了很好的发展与强化。

北京举行全国航海模型比赛

1958 年 8 月，全国规模的航海模型比赛，在北京龙潭湖举行。

面对这场比赛，贺龙异常兴奋地说："我们要建设一条强大的海上铁路。"

在这次比赛中，贺龙邀请陈毅、叶剑英和萧劲光、刘仁等领导人亲临湖畔观看比赛。

前来参观的领导人仔细地欣赏了 100 余艘小巧玲珑的各种舰船的外观模型，大家都赞叹不已。

在青少年自行设计中国第一艘万吨远洋货轮模型前，贺龙当即向国家体委和国防体育协会负责人指示道："比赛后，要组织一支航海模型队到全国各地巡回表演。"

国防体协根据贺龙的指示，在全国规模的航海模型比赛结束后，便从北京、山东、上海、广东等代表队挑选出各类船模 20 余艘，加上当时的国家摩托艇集训队，共 30 余人，组成了"中央航海模型摩托艇巡回表演队"。

在领队曹思慧的带领下，于 9 月中旬从北京出发，到各地巡回演出。

他们先后在武汉、长沙、广州、南宁、柳州、桂林、南昌、杭州、上海、南京、济南、天津等 12 个城市进行了表演。

航模运动在人们心目中还是一件比较新鲜的事。各地负责人和体育爱好者听说贺龙派出了一支"舰队"，都表示热烈欢迎。

表演队的各种军舰、游艇、快艇、帆船、大型客轮、货轮等制作精细、逼真，有的以橡皮筋作动力，有的以小电动机驱使，有的以无线电操纵，可以放炮、鸣笛、装卸货物、施放鱼雷和烟幕等。

这些新鲜有趣的表演，吸引着无数的观看者。特别是青少年学生，更是怀着莫大的兴趣与探寻心理，从各地赶来观看。仅长沙一市，观众就达到了 20 万人之多。

在珠江、漓江、黄浦江、西湖、东湖和大明湖畔，人们也都是摩肩接踵；在长沙、南宁等地，摩托艇的表演尚未开始的时候，在湘江两岸、里江南北，就早已站满了热情的观众。

人们对于这个新鲜事物奔走相告："贺龙从北京派来了一支勇敢的'水上轻骑兵'。"

表演队在两个月当中，历尽辛苦，圆满地完成了预定的任务，为宣传和普及航模知识作出了贡献，受到贺龙和国家体委的表扬。

此外，20 世纪 50 年代的航海运动，得到了广泛的开展与推广。比如，在 1953 年建立的青岛航海俱乐部，仅 1954 年到 1955 年就有 9200 多人随船出海体验生活，接受了海军、海洋、航海知识的教育；还有 6200 多人参加了活动小组和运动队的活动。

可以说，航海的热潮从此兴起，运动员们都积极努力地学习着。

其中，在航海运动中取得最好成绩的要数山东省的航海队。

贺龙每次到青岛，都要来这个俱乐部进行视察，并给予其指导和帮助。

此外，在1959年的春天，贺龙还派李达带领国防体协的工作人员专程去设在山东沿海的青岛、威海、烟台、石岛等地的航海俱乐部、运动站，以及航空、射击俱乐部进行工作上的检查与指导。

4月21日，李达在返京后，向贺龙递交了书面报告，针对渔民，他提出了一些建议："灌输一些军事知识，如射击技术、通信联络、侦察识别等，对于保卫生产和海防设施是有直接意义的。"

可以说，航海国防体育运动的发展，对于保卫国家边防有着重要的意义。

贺龙说滑翔为国防体育重点

　　1958 年夏天的一个星期天，贺龙和蔡树藩专程来到位于良乡的中国人民航空俱乐部视察。

　　由于没有事先通知，他们四处随意转了一圈儿，才在宿舍区遇到场站科长和飞行队长。

　　然后，由他们陪同，去宿舍看望正在集训的跳伞运动员，宿舍中的队员都争先恐后地同贺龙等一行领导握手。

　　之后，贺龙等人又来到了食堂。当贺龙看到这个设在一间又窄又脏的锅炉房里的食堂时，眉头立刻皱了一皱，极不高兴地说道：

　　　　食堂怎么能设在这儿？俱乐部的领导光顾过星期天了，不知道关心运动员的生活，很不像话！应该建立干部值班制度。

　　贺龙等领导人视察之后，航空俱乐部的有关领导便着手解决了这个问题。

　　中国人民航空俱乐部是中国第一个航空运动基地，中国最早的一批跳伞运动员就在这里诞生。

　　1960 年 5 月，英国元帅蒙哥马利来华访问，贺龙陪周恩来会见了他。

蒙哥马利在第二次世界大战中曾经指挥过空降部队，因此提出要参观中国的空降部队。

5月25日，贺龙按照周恩来的交代，安排航空俱乐部的跳伞运动员为蒙哥马利表演，贺龙和李达陪同观看。

蒙哥马利兴致极高地欣赏了中国运动员的精彩表演，对中国精湛的表演与进步表示祝贺。

5月26日，周恩来为蒙哥马利举行宴会。出席宴会的，有陈毅和杜聿明、王耀武、溥仪等著名人士。另外，贺龙还安排了参加表演跳伞的运动员出席作陪。

周恩来向蒙哥马利介绍杜聿明、王耀武时，风趣地说："在我国华东战场上，杜聿明和王耀武先生曾经与陈毅交过战。"

蒙哥马利好奇地问："那么，请问是谁战胜了谁？"

陈毅笑着说："当然是我胜喽！"

蒙哥马利又问："双方兵力各有多少？"

杜聿明说："各有50多万人。"

蒙哥马利又问："你的部队最后还剩下多少？"

杜聿明说："最后都跑到陈老总那里去了。"

就在周恩来等国家领导人与杜聿明交谈之时，贺龙把赫建华叫到一边，关切地问道："你们俱乐部的领导现在怎么样了？关心你们不？运动员宿舍有了吗？食堂迁出锅炉房没有？你们的领导再不关心你们，就给他提意见。如果他不接受，你们就来找我，我给你们撑腰。"

此后，贺龙经常过问航空俱乐部的具体工作情况，还督促赵正洪等国防体协的领导人到第一线了解情况，并一定要解决问题。

运动员们把贺龙的关怀深深地记在心里，他们时刻想着贺龙期望国防体育要全部破世界纪录的豪迈气概。于是，他们暗暗下决心，一定要刻苦钻研技术，不断汲取国外的先进技术，勤奋学习，勇攀高峰。

1960年10月，在训练工作会议上，贺龙提出"以滑翔为国防体育的重点"，其目的在于培养青少年的勇敢精神，普及航空理论知识和初级航空知识。同时，又可以直接向空军输送滑翔员。

对此，贺龙提出开展滑翔运动有着非常重要的作用，他说："空军每年需要多少名飞行人员，只要到航空俱乐部去查查档案即可。"

1964年的春天，贺龙指示赵正洪带领一支工作组去蹲点。

于是，赵正洪便带着由17人组成的工作组，经重庆到湖北蹲点两个多月，摸索业余滑翔试点工作和群众性国防体育工作的经验。

贺龙让他们随时向他报告情况。

之后，当贺龙得知重庆航空俱乐部成绩优异时，便在6月下旬的国家体委党组会上表扬说：

重庆航空俱乐部工作做得好，作风也好，

要当成标兵来宣传。

1964 年 8 月 27 日，中国人民航空运动协会在北京成立。贺龙和李达都亲自来到大会表示祝贺，并对今后的航空运动如何开展提出了建议。从此，中国的航空运动开始了新的一页。

可以说，航模运动员创造这样好的成绩绝非偶然。这是由于贺龙采用的"激将法"，以及他对运动员无微不至的关怀，激励着运动员们不断努力，并成为他们奋夺世界之冠的动力。

所以，虽然中国不可能在短短几年内改写全部世界纪录，但当时所取得的成绩还是相当不错的。

比如，在贺龙对国防体育建设的号召下，山东省飞机跳伞队郭荣廉，曾在莫斯科举行的社会主义国家飞机跳伞比赛中获得个人定点跳伞冠军，而此时他已成了教练员。

最后，经过他和全队队员的努力，10 名队员多次打破飞机跳伞的世界纪录，而他本人也打破了两项世界纪录，从而取得了骄人的成绩，为我国的国防体育写上了光辉的一笔。

此外，全国各航空俱乐部、滑翔学校作为中国的国防后备力量，也起到了不小的作用。

三、 第一届全运会

- 1958 年 7 月 30 日，国家体委党组向中共中央呈递了一份报告，报告中说："计划在 1959 年 9 月 13 日至 10 月 2 日，举行中华人民共和国第一届运动会。"

- 贺龙说："我代表中国共产党中央委员会和国务院，衷心祝贺中华人民共和国第一届运动会胜利地开幕，并向到会的来宾表示热烈的欢迎。"

- 贺龙接见了优秀运动员，赞扬了他们的成绩，并提出了更高的期望。

第一届全国运动会的筹备

1958 年 7 月 30 日，国家体委党组向中共中央呈递了一份报告，报告中说：

为了检阅 10 年来我国体育事业的伟大成就，迎接建国 10 周年；为了大力开展群众性体育运动，在体育运动广泛开展的基础上，加速提高运动技术，争取 10 年左右，在主要运动项目上赶上世界水平，计划在 1959 年 9 月 13 日至 10 月 2 日，举行中华人民共和国第一届运动会。

8 月 4 日，中共中央办公厅主任杨尚昆通知蔡树藩说：

关于召开第一届全国运动会问题，书记处已经讨论过：

1. 同意 1959 年 9 月底到 10 月初召开；

2. 筹委会主任由贺龙同志担任，不必设副主任。

1958 年 9 月 5 日，筹备委员会成立，主任由贺龙担任，其委员按姓氏笔画排名为：

万里、王一伦、王中青、王昭、牛化东、刘长胜、刘志坚、刘季平、刘卓甫、卢汉、孙君一、陈郁、陈伟达、邵式平、车向忱、李德全、李耕涛、辛兰亭、周发田、林恺、苗春亭、哈丰阿、胡耀邦、荣高棠、栗树彬、徐寿轩、桂林栖、唐麟、黄中、康乃尔、章蕴、张德生、张鹏图、张青季、许亚、贺龙、覃应机、程子华、惠浴宇、杨秀峰、裴孟飞、蔡廷锴、蔡树藩、嵇文甫、钱俊瑞、韩复东。

其主席团名单按姓氏笔画排列为：万里、马腾霭、马约翰、王一伦、王中青、王昭、车向忱、卢汉、卢绍武、石新安、刘长胜、刘西元、刘志坚、刘卓甫、刘培善、刘子奇、刘宁一、刘渭波、余修、孙君一、宋季文、李达、李耕涛、李德全、何能彬、陈伟达、林恺、孟夫唐、哈丰阿、胡耀邦、张青季、张锋伯、张文海、荣高棠、钟师统、徐萌山、栗树彬、袁敦礼、黄中、曹达诺夫、章蕴、贺龙、贺进民、贺炳炎、嵇文甫、董守义、程子华、韩复东、谭冠三、谭政、管文蔚、蔡廷锴、蔡畅、杨杰、杨秀峰、钱俊瑞。

大会主席团下设指挥部，指挥部下设 7 个部门，分别是：指挥部办公室、竞赛部、宣传部、行政管理部、警卫部、团体操表演部、外宾接待部。

9 月 5 日，贺龙在第一届全国运动会筹备委员会第一次会议上，谈了关于第一届全运会的宏伟设想：

在全运会上，要求出现一批新人才、新纪录，特别是创造世界新纪录，达到世界水平是全国各省、市共同的奋斗目标。

解放了的中国人民要有争取胜利、破世界纪录的雄心和气魄。我们要更快地赶上和超过世界水平，要叫人家来破我们的纪录，不要老跟在人家的屁股后面跑。要采取一切措施，在普及的基础上大量训练运动员。尤其是美国保持的世界纪录，一定要赶上去，首先突破他们的纪录，各种球队要能和世界强队较量。

在一年多的筹备期中，由于新中国是第一次组织全国规模的大型运动会，所以，很多问题都是贺龙亲自过问的。他主持召开过多次会议，研究过不计其数的具体问题。

1959年5月13日，贺龙在国家体委"主任办公会议"上，对全运会的筹备工作作了具体布置与安排。他说：

1. 军队方面应有负责同志参加行政管理部门的领导工作。拍摄电影要充分运用八一电影制片厂的力量。

2. 解放军运动会的裁判人员，全运会要用上。裁判员服装如自己无力自备，应给予帮助。

3. 开幕式上，运动员队伍的入场顺序：解放军领先，北京市最后。其他各省、市按笔画多少排列先后。

4. 开幕式和闭幕式，各自治区领队应穿民族服装。如广西壮族自治区代表队的排头，可以是壮族1人、苗族1人、汉族1人，各穿本民族服装。

5. 各单位参加开幕式的运动员数字，确定后应及早下达，使他们有充分时间编队和练习。队伍如何走法，手如何摆动等，都应事先交代清楚。

6. 闭幕式采用哪种方式和省市同志再商量一下。一是像开幕式一样走出来受检阅，这样花费时间较长。一是开会前先入场站好队，5个门进，10分钟站好。闭幕式完了，也5个门退出。但事先要好好练习，做到迅速整齐。……

从这次讲话中，可以看出贺龙领导国家体委，既有宏观方面的指导，也有具体事务的安排。

可以说，许多工作人员想不到的，或做得不周到的，贺龙都想到了，做到了。

他这种恢宏而严密的组织才能，使许多负责人叹服不已。

而对于开幕词，贺龙曾和筹委会的有关人员一起反复多次修改。

尽管如此，他还要托荣高棠把手稿呈送给周恩来、彭真等几位国家领导人审阅才算放心。

贺龙还邀请宋庆龄、董必武、谢觉哉、郭沫若、班禅额尔德尼·确吉坚赞等为全运会赋诗、撰文，并连续发表在《体育报》上，为全运会增光不少。

此外，当贺龙得知毛泽东和其他党和国家领导人届时将全体出席开幕式之后，便不止一次地到刚刚建成的工人体育场主席台，一遍又一遍地试走，检查通道和台阶，并指点工作人员在一些需要重新铺垫的地方加以铺垫，以使毛主席和其他领导人在登上主席台时没有什么不便的地方。

但是，由于台阶很滑，已经 63 岁的贺龙又不让人搀扶，以致在他试走时不小心跌了一跤，结果把左腿摔坏了。

但就是这样，贺龙还是忍着疼痛，坚持看着工作人员铺垫完需要铺垫的地方才肯离开。

贺龙回到家后，医生给他扎了绷带，让他卧床养伤。然而，他哪里躺得住，他对医生说："你给我用按摩疗法吧。"

医生说："按摩很痛啊！"

贺龙却说："按摩好得快，疼点怕什么！党中央分工我管体育。这次全运会是新中国成立以来的第一次，毛主席、刘主席、周总理、朱老总都要来参加开幕式。到时候，我要给毛主席当向导、引路的。全运会很快就要开幕了，我能躺得住吗?"

就这样，医生给贺龙按摩后，稍好一些，他便又投入到全运会的工作当中去了。

贺龙在第一届全运会上致辞

1959 年 9 月 13 日 15 时，第一届全国运动会在北京工人体育场开幕了，副总指挥黄中宣布：

第一届全国运动会开幕式开始。

黄中的声音刚落下，由 1200 多人组成的军乐队便齐奏军乐。

在《东方红》的乐曲声中，毛泽东和刘少奇、董必武、朱德、周恩来等，从休息室步入主席台。国家体委的几位副主任蔡廷锴、李达、卢汉、荣高棠左右陪同。

而贺龙则拖着伤腿，陪着毛泽东，一直把主席护送到座位前，自己才站在一旁。

出席开幕式的外宾有：苏、保、捷、罗、越、匈、德、蒙、波、朝等 10 个兄弟国家体育代表团，以及 11 个军队体育代表团，其中包括阿尔巴尼亚、法国、伊拉克、苏丹等国家体育代表团。

此时，在全场 10 万观众的暴风雨般的欢呼声和掌声中，谁也没有注意到，贺龙忍不住悄悄地按了按自己的伤腿。

其实，贺龙的腿伤还没有痊愈，但他还是提前来到工人体育场，进行最后一次检查，保证了通道和台阶的安全。

他还检查了主席台，并坐了坐给毛泽东准备的椅子，看看高矮和舒适度是否合适。

中共中央政治局委员、国务院副总理兼国家体委主任贺龙开始宣读开幕词。

首先他说：

> 我代表中国共产党中央委员会和国务院，衷心祝贺中华人民共和国第一届运动会胜利地开幕，并向到会的来宾表示热烈的欢迎。

然后，他回顾过去10年走过的道路，说道：

> 解放后，我国运动员创造和打破了2800多次全国纪录，出现了一个世界冠军，这是中国历史上从来没有过的。1956年和1957年只有3人6次打破3项世界纪录。而在1958年就有9人8次创造6项世界纪录，增长了一倍多。1959年，仅1至8月，就有29人在12个项目中打破了12次世界纪录。
>
> 现在全国有成亿的人经常参加体育运动，

广播体操已成为广大人民群众日常生活的一部分。

打枪习武已成为千百万人的爱好。

全国共有 5000 多万工人、农民、学生、干部和部队官兵参加了大会的选拔，形成了一个体育运动的高潮。

最后，贺龙号召大会全体人员发挥英雄精神，勇创佳绩。他说：

要以英雄气魄，千方百计地创造优异成绩，把全运会开得好，开得精彩！

第一届全国运动会的会徽十分朴实、简洁和传统，它由金色的跑道、金色的麦穗和夸张的红 1 字组成，麦穗代表建国 10 年的丰硕成果，而似乎要冲出跑道的 1 字恰似上升的"箭头"，象征着当时人们热火朝天建设新中国的激情。

会徽是由上海证章厂制造，做得不多但质量非常好，是用铜做的。

此后，全国各地的运动员开始入场。

第一届全运会设金牌 384 枚，银牌 405 枚，铜牌 380 枚。

第一届全运会的比赛项目有36项：

足球、篮球、排球、乒乓球、网球、羽毛球、手球、棒球、女子垒球、水球、马球、田径、公路自行车、体操、技巧运动、举重、游泳、跳水、赛艇、武术、中国式摔跤、射箭、中国象棋、围棋、赛马、障碍赛马、射击、摩托车越野、摩托车环行公路、无线电收发报、航海多项、航海模型、滑翔、飞机跳伞、伞塔跳伞、航空模型。

表演项目有：

赛车场自行车、击剑、自由式摔跤、古典式摔跤、国际象棋、水上摩托艇。

在众多比赛项目中值得一提的是无线电运动。

无线电收发报竞赛在天坛公园内"中国人民无线电俱乐部"举行。

参加比赛的有23个省市和解放军代表队，男女运动员175名。

解放军代表队运动员是：王祖燕、葛桥、吴立清、梁佐才、魏诗茵、张锦华、黄纯庄、朱婉琴等。

竞赛结果：解放军队荣登榜首，北京队获得亚军，江苏队名列第三。

这次竞赛刷新全国无线电收发报18个项目中的16项最高纪录，打破历届国际无线电收发报竞赛16项最高成绩中的13项纪录，破纪录的运动员有59人，共破纪录

133 人次，纪录水平普遍大幅度提高。

参赛运动员中还有 10 名不满 15 岁的红领巾，不少新手成绩超过了老将。

国家体委、解放军三总部对无线电竞赛取得的大面积丰收非常满意。

其实，我国新兴的无线电报务运动在党和国家的重视下，从其一诞生就连续在两次重大国际比赛中取得辉煌战果，称雄国际体坛，激起了广大无线电爱好者的兴趣，更得到了军队和地方通信部门及广大通信专业人员的关心和支持。

早在 1955 年全国无线电运动爱好者就有 400 余人，到了 1957 年发展到八九百人，到 1958 年发展到 10 万人。

无线电运动不仅在大城市普遍开展起来了，而且在很多中小城市和一部分乡村也有所开展，它不仅为无线电专业人员所热爱，而且逐渐为广大群众尤其是广大的青少年所熟悉和热爱。

可以说，我国的无线电快速收发报运动，深深受到党和国家的重视、关怀。

无线电运动为增强国防后备力量，促进无线电报务技术水平的提高，培养通信干部和技术人才，起到了积极的作用。

运动员获得的荣誉，将载入我国、我军体育运动的史册。

第一届全国运动会后，国家体委和各省市都先后组建了无线电运动队，解放军无线电运动队也正式成立，无线电运动进入最兴旺时期。

后来，为使无线电运动能适应实际工作的需要，更好地与军事无线电通信相结合，使运动员不仅有快速收发报技能，还具备一定的战术知识，能操作机器、应付通报中的各种干扰及复杂情况，无线电运动又增加了无线电多项和无线电测向两个竞赛项目。

由于无线电运动获得了不错的成绩，后来在 10 月 5 日，毛泽东、刘少奇、周恩来、朱德等中央领导，在中南海接见了参加全运会的解放军体育代表团，并和全团人员合影留念。

另外，还有自行车比赛，在京津公路进行。

9 月 23 日，是男子团体 150 公里自行车比赛，比赛时每队起跑时间间隔 3 分钟。

只见 4 名队员随枪声响起如箭离弦一样直奔征程。

对此，有一位自行车选手回忆当时比赛的情景时说道：

早在我队前 3 分钟出发的是身着红色上衣的老牌冠军"八一"队，于是 4 名队员共同的心愿以赶超"八一"队为目标，大家充满信心，一路上争先互换领骑。

行至河西务转折点时，忽见红色身影，便异口同声地说："追"，风驰电掣般追呀追，追上的竟是湖北队。

又不肯罢休，继续穷追不舍，体力消耗很大，已感疲劳却又不能泄气。

直至离终点10公里处，确认前方就是"八一"队时，小伙子们来了精神，咬牙奋力拼搏着，终于超过"八一"队先到达终点。

用时7小时36分10秒获得亚军，"八一"队以7小时43分7秒排位第四。上海队获冠军，北京队获季军。

我队如愿以偿地实现了诺言。女队在团体50公里比赛中取得第四，男女个人单项比赛也榜上有名。

此外，这位自行车运动员还回忆起赛前的一些事情：

当年，天津隶属河北省。李耕涛市长任河北省体育代表团团长。

自行车队是以天津队为主，选派了男女各6名运动员组成。领队马新骥，教练孙德林、李文轩。12名队员均为运动健将。

孙教练酷爱自行车运动，他经营的"德记

自行车铺"是全家的生活来源。为了全运会宁愿关闭店铺，并将自己研制的专用工具带到车队，全身心地投入训练。他不但教练有方，且有着高超的修车技术，在全市首屈一指。他和游泳教练穆诚宽老先生是体育界公认的土专家。

赛前全国各地的自行车骑手们，驻扎在北京郊区通县军营里，天津队在全国小有名气，我们和兄弟队来往不断，切磋交流着，有的慕名而来，湖南队车子的"四飞"坏了，怎么也卸不下来，急得够呛，孙教练使出绝招解了难题。天津队在物质上、训练上有求必应受到好评，被誉为"共产主义风格运动队"。

由于运动员们在赛前积极准备，这届运动会开得非常顺利。

可以说，第一届全运会的成绩是显著的，共有 7 名运动员 4 次打破游泳、跳伞、射击、航空模型 4 项世界纪录。

有 664 名运动员 844 次打破 106 个单项的全国纪录。有 99 名赛艇和无线电运动员 44 次超过第 16 届奥运会冠军和社会主义国家无线电比赛的最高成绩。

这一年，参加第一届全运会的运动员平均年龄只有 21 岁。

其中，年纪比较小的冠军有：17 岁的李富荣挫败了世界冠军容国团；14 岁的周希洋，成为年龄最小的全国冠军。

李富荣于 1957 年进入上海体育宫业余体校进行乒乓球训练。1958 年进入上海乒乓球队，同年被选入国家乒乓球集训队。

他打球的技术特点以"狠"著称，左推右攻型，主要靠正手和侧身攻得分，并练就"正手打回头"的绝招。他运用直拍快攻打法，发球多变，攻势凌厉，步法灵活。

周希洋是跳水队的运动员。那时跳水队为迎接第一届全运会，早于 1958 年 6 月在北京开始正式筹建，到 9 月基本完成。从此，北京跳水队开始了它艰苦曲折的历程。

当时，跳水队训练地陶然亭游泳场是露天游泳场，而且要对外开放。

跳水训练只能在 9 时以前和 17 时以后进行，此时的水温只有十六七度，队员练一会儿就浑身发抖。此外，训练器材、辅助设施也很简陋。

在艰苦的条件下，队员们在陈洁云教练的带领下，依靠集体的力量，克服了许多困难。

在第一届全国运动会上，北京跳水队发扬顽强拼搏的精神，发挥出了高水平，取得了女子团体第二名的好成绩。

14 岁的周希洋夺得女子跳板冠军。

此外，罗子季和许明田分别获得女子跳台的第四名、第五名。

对于中国首届全国运动会，一些国家的体育代表团应邀出席观看。

第一届全运会的参赛运动员共 1.0368 万名。

其中在北京赛区的运动员有 7707 人。参加表演大型团体操《全民同庆》的有 8000 多人。

此外，首都和外地的数十万体育爱好者到赛场助阵，可谓盛极一时。

周恩来颁发体育运动荣誉奖章

1959 年 9 月 21 日，贺龙签发了国家体委呈报周恩来总理的《关于对世界纪录创造者和世界冠军获得者颁发体育运动荣誉奖章的请示报告》，报告中说：

总理：

　　为了奖励 10 年来为我国体育运动取得优异成绩，并为祖国争得荣誉的优秀运动员。鼓励他们今后继续提高，以推动我国体育运动更进一步发展，我们的意见：以国家体委名义，对世界纪录创造者和世界冠军获得者共 37 人，名单附后颁发体育运动荣誉奖章，在第一届全国运动会闭幕式上，即 10 月 2 日正式发奖。

1959 年 9 月 22 日，周恩来批示道：

　　同意。

1959 年 10 月 3 日，第一届全国运动会闭幕式在北京举行。

出席闭幕式的人员有：宋庆龄、董必武、周恩来、贺龙和越南胡志明主席。

在有8万多人参加的闭幕式上，周恩来和贺龙一起向新中国成立10年来打破过世界纪录和获得过世界冠军的40名运动员，颁发了体育运动荣誉奖章。

而在中国第一届全运会上，打破世界纪录的项目有：

游泳：穆祥雄以1分11秒1的成绩打破男子100米蛙泳世界纪录；

射击：陈蓉以589环的成绩打破女子自选小口径步枪50米和100米各30发卧射世界纪录；

飞机跳伞：郭新娥、梅严、张景文以平均距靶心5米11的成绩打破女子1000米集体定点跳伞世界纪录；

航空模型：赵嘉桢、王永熙以1260米的成绩打破活塞式发动机无线电操纵飞机模型飞行高度世界纪录。

此外，在第一届全运会上，打破全国纪录的项目有：

田径项目有55人，其中男运动员为44人，女运动员为11人；他们共76次打破纪录，其中男运动员65次，女运动员11次。他们共打破25项全国纪录，其中男运动员17项，女运动员8项。

游泳项目有19人，其中男运动员9人，女运动员10人。他们共25次打破全国纪录，其中男运动员11次，女运动员14次。他们共打破了11项全国纪录。

举重项目有6人，全部为男子，他们共8次打破8项全国纪录。

射击项目有61人，共70次打破9项全国纪录。

赛艇项目有298人，其中男运动员136人，女运动员162人。他们共121次打破纪录，其中男运动员64次，女运动员57次。他们共打破8项1959年全国七城市锦标赛的最高成绩，其中男运动员4项，女运动员4项，并且他们还有3项82人22次超过第16届奥运会赛艇比赛第一名成绩。

射箭项目有56人，其中男运动员33人，女运动员23人。他们共341次打破纪录，其中男运动员201次，女运动员140次。他们共打破20项全国纪录，其中男运动员10项，女运动员10项。

飞机跳伞项目有58人，其中男运动员35人，女运动员23人。他们共51次打破纪录，其中男运动员29次，女运动员22次。他们共打破5项全国纪录，其中男运动员3项，女运动员2项。

无线电项目有55人，其中男运动员30人，女运动员25人。他们共94次打破纪录，其中男运动员47次，女运动员47次。他们共打破16项全国纪录，其中男运动员7项，女运动员9项。

航海模型项目有49人，其中男运动员45人，女运动员4人。他们共49次打破纪录，其中男运动员45次，女运动员4次，他们共打破3项全国纪录。

航空模型项目有7人，全部为男子，他们一共9次超过1959年5月全国竞速特技航空模型竞赛的最高成绩。

并且，周恩来还给参加《全民同庆》团体操的代表，颁发了北京市团体操纪念奖。

之后，贺龙致闭幕词，他代表中共中央、国务院和国家体委号召大家再接再厉。

他说：

继续贯彻普及与提高相结合的原则，普及群众体育运动，增强人民体质，加速提高运动技术水平，不断创造新纪录，特别是提高主要运动项目的成绩。

把我国的体育运动推向一个更加普遍、深入发展的新阶段。

另外，第一届全运会各省市金牌统计为：

解放军为117块，上海为46块，北京为42块，广东为31块，山东为21块，河北为20块，内蒙古为18块，黑龙江为15块，四川为10块，福建为10块，山西为10块，贵州为8块，安徽为7块，吉林为6块，辽宁为4块，江苏为4块，湖北为3块，浙江为3块，湖南为3块，云南为2块，河南为2块，甘肃为2块，陕西为1块，新疆为1块，江西为1块。

可以说，第一届全运会的召开，是新中国体育运动的第一个高潮。

后来，有一位自行车运动员回忆起比赛结束后，他们参加宴会的情景：

全运会胜利闭幕了，北京市委、国家体委在人民大会堂设国宴招待教练员、运动员、体育工作者。这一消息传来，我们真是喜出望外，穿着打扮，高高兴兴地鱼贯而入。

5000人的宴会厅，灯火辉煌，通明闪亮，气氛欢乐，乐曲悠扬。已是座无虚席。

当周总理、彭真、贺龙等领导步入大厅时，会场热烈欢呼，掌声阵阵。

周恩来神采奕奕，笑容慈祥，和蔼可亲地频频向我们招手致意。首长们举杯向大家祝酒时，群情激昂，兴奋不已，此时我们幸福极了。

随后，参加北京"十一"庆祝活动时，在天安门前接受了毛主席的检阅，给我们留下了深刻的印象。

1960年1月4日上午，贺龙接见了优秀运动员，赞扬了他们的成绩，并提出了更高的期望。

他说：

10年来，中国体育事业在党的领导下，取

得了很大成绩，把"东亚病夫"的面目改变了。

许多优秀运动员为国争了光。

第一个给祖国争光的是吴传玉。

第二批是乒乓球运动员姜永宁、王传耀、孙梅英、邱钟惠等。

第三批是举重运动员陈镜开、黄强辉、赵庆奎，游泳运动员戚烈云，跳高运动员郑凤荣，撑竿跳运动员蔡艺墅等。足球和篮球在去年国庆节也翻了身。

我特别担心容国团，不很好地准备，很难保住宝座，起码要连得3届冠军。

你是代表6.5亿人民的，要有这个决心。赵云大战长坂坡，才"七进七出"。你呢，要打42个国家哟！

今天，我给你们提几点建议：第一是要读书。首先要订个计划。读多少书和读哪些书？提高阶级觉悟，提高理论水平。

要读毛选。文化水平高的，要读辩证唯物论、历史唯物论。

要学外文，如俄文、英文、德文、法文等。运动员要懂三国话，至少也要懂两国话。还要实行考试。

今后通过健将要有一条，读了多少书？即健将标准要加上理论这一条。

这是我的意见，还要经党组讨论，但是我
算一票。

　　可以说，贺龙对年轻运动员循循善诱，语重心长，
体现了老一辈革命家对体育事业后备力量的殷切期望，
这一切都是与他们盼望祖国强盛分不开的。
　　对此，新一代的青年们受到了莫大的鼓舞与鞭策，
从而获得了巨大的力量。

本书主要参考资料

《国史全鉴》本书编委会编 团结出版社

《共和国五十年珍贵档案》中央档案馆编 中国档案出版社

《中国现代史资料选辑》彭明主编 中国人民大学出版社

《共和国的记忆》李庄主编 人民出版社

《贺龙年谱》《贺龙年谱》编写组 中共中央党校出版社

《共和国体育元勋》谢武申 王鼎华编写 人民体育出版社

《华夏金秋》柏福临主编 吉林大学出版社

《中南海三代领导集体与共和国文化实录》张湛彬主编
　　中国经济出版社